CLÁSICOS

Novela de ajedrez

Stefan Zweig

GRANTRAVESÍA

CLÁSICOS

Novela de ajedrez

Stefan Zweig

Traducción de Ariel Magnus

GRANTRAVESÍA

NOVELA DE AJEDREZ

Título original: *Die Schachnovelle*

Autor: Stefan Zweig

Traducción:
Ariel Magnus

**Concepto gráfico de la colección, dirección de arte
y diseño de portada:**
Carles Murillo

Ilustración de portada:
Carles Murillo

D.R. © 2022, por la presente edición,
Editorial Océano de México, S.A. de C.V.
Guillermo Barroso 17-5, Col. Industrial Las Armas
Tlalnepantla de Baz, 54080, Estado de México
www.oceano.mx
www.grantravesia.com

Primera edición: 2023

ISBN: 978-607-557-605-3
Depósito legal: B 22039-2022

HECHO EN MÉXICO / *MADE IN MEXICO*
IMPRESO EN ESPAÑA / *PRINTED IN SPAIN*

9005703010123

A bordo del gran vapor que debía salir a medianoche de Nueva York a Buenos Aires reinaba el habitual ajetreo y movimiento de última hora. Los invitados de tierra se empujaban entre sí para despedirse de sus amigos, los muchachos de los telegramas con sus gorras ladeadas lanzaban nombres a voz en cuello a través de los salones, baúles y flores pasaban de un lado a otro, los niños curioseaban subiendo y bajando escaleras, mientras que la orquesta seguía imperturbable con su show de cubierta. Estábamos conversando con un conocido sobre el puente de paseo, algo apartados de este alboroto, cuando a nuestro lado estallaron dos o tres veces unos flashes estridentes: al parecer, los periodistas entrevistaban y fotografiaban rápidamente a algún famoso justo antes de la partida. Mi amigo levantó la vista y sonrió.

—Tiene ahí un bicho raro a bordo: Czentovic.

Evidentemente debí de haber puesto cara de no haber entendido su referencia, porque agregó a modo de explicación:

—Mirko Czentovic, el campeón mundial de ajedrez. Recorrió Estados Unidos palmo a palmo, de este a oeste, disputando torneos, y ahora viaja hacia Argentina en busca de nuevos triunfos.

Entonces me acordé efectivamente de ese joven campeón mundial y hasta de algunas particularidades en relación con su carrera meteórica; mi amigo, un lector de periódicos más atento que yo, completó el cuadro con toda una serie de anécdotas. Hacía cosa de un año, Czentovic se había puesto de golpe a la misma altura que los más

El texto sigue la edición de Klemens Renoldner, Reclam, 2013. *Cf.* el epílogo más adelante. (Todas las notas son del traductor.)

acreditados decanos del ajedrez, como Alekhine, Capablanca, Tartakower, Lasker y Bogoliúbov. Desde la participación del niño prodigio Rechevsky, por entonces de siete años, en el torneo de ajedrez de Nueva York de 1922, nunca la irrupción de un completo desconocido dentro del ilustre gremio había causado tamaña sensación generalizada. Porque los atributos intelectuales de Czentovic no parecían de ningún modo augurarle de antemano una carrera tan deslumbrante. Muy pronto se filtró el secreto de que ese campeón de ajedrez era incapaz, en su vida privada, de escribir en ningún idioma una frase sin errores de ortografía y, como se mofó con rencor uno de sus colegas más resentidos, su incultura resultaba "igual de universal en todas las áreas". Era hijo de un barquero eslavo muy pobre, cuya embarcación minúscula había sido arrollada una noche en el Danubio por un vapor que transportaba granos. Doce años tenía cuando murió su padre y un cura de un sitio apartado lo adoptó por compasión, abocándose de buena fe a suplir por medio de clases particulares en su casa lo que este niño de frente ancha, al que no le gustaba hablar ni parecía escuchar, estaba incapacitado de aprender en la escuela del pueblo.

Pero los esfuerzos del buen cura fueron en vano. Mirko se quedaba mirando con extrañeza las letras que ya le habían explicado cien veces; hasta para las materias más simples le faltaba a su cerebro, de lerdo funcionamiento, cualquier fuerza retentiva. Aún con catorce años, debía valerse de los dedos para hacer cuentas, en tanto que leer un libro o un periódico significaba para el ya adolescente un esfuerzo especial. A la vez, de ninguna manera podía tildárselo de reacio o de terco. Cumplía obedientemente con lo que se le mandaba a hacer, ya fuera buscar agua o hachar leña, participaba del trabajo en el campo, ordenaba la cocina y ejecutaba de manera fiable, aunque con una lentitud fastidiosa, cada tarea que se le exigía. Lo que más contrariaba al buen padre respecto al testarudo muchacho era su absoluta falta de interés. No hacía nada sin que lo exhortaran a hacerlo, jamás planteaba una pregunta ni jugaba con los otros jóvenes ni se buscaba por sí solo una ocupación, mientras no se la ordenaran expresamente; no bien terminaba con las tareas del hogar, Mirko se sentaba en algún lugar de la habitación y se quedaba mirando hoscamente con ojos vacíos de oveja en la pradera, sin participar en lo más mínimo de los acontecimientos que tenían lugar a su alrededor. Por las tardes, mientras que el cura, degustando su larga pipa campesina, jugaba las habituales tres partidas de ajedrez con el oficial de gendarmería, el joven rubio de pelo desgreñado se sentaba en silencio a su lado y miraba el tablero a cuadros con párpados pesados, aparentemente adormecido e indiferente.

Una tarde de invierno, mientras los dos compañeros de juego estaban sumidos en una de sus partidas diarias, llegó desde la calle principal del pueblo el sonido de campanas de un trineo acercándose cada vez a mayor velocidad. Aplastando la nieve a grandes pasos, entró precipitadamente un campesino de gorra espolvoreada de nieve: su anciana madre estaba moribunda y quería que el cura se apresurara a impartirle a tiempo la extremaunción. El sacerdote lo siguió sin hesitar. El oficial de gendarmería, que aún no había acabado su vaso de cerveza, se encendió una nueva pipa de despedida y, ya dispuesto a ponerse las pesadas botas de caña alta, se percató de que Mirko miraba impertérrito el tablero de ajedrez con la partida iniciada.

—¿Quieres terminarla? —bromeó, convencido de que el adormilado muchacho no sabría mover correctamente ni una sola pieza sobre el tablero.

El chico alzó la mirada tímida, asintió y se sentó en el lugar del cura. Tras catorce jugadas, el oficial cayó vencido, y hasta obligado a admitir que su derrota no se había debido a ninguna negligencia de su parte. El resultado de la segunda partida no fue diferente.

—¡La burra de Balaam! —exclamó sorprendido el cura a su regreso, antes de explicarle al oficial, poco versado en temas bíblicos, que dos mil años atrás ya había ocurrido un milagro similar, de un ser mudo que encontró de pronto la lengua de la sabiduría.

Pese a lo avanzado de la hora, el cura no pudo abstenerse de desafiar a su fámulo semianalfabeto. También a él Mirko le ganó con facilidad. Jugaba de manera tenaz, lenta, inmutable, sin levantar ni una vez la amplia frente del tablero. Pero jugaba con una seguridad categórica; en los días subsiguientes, ni el oficial ni el cura lograron ganarle una sola partida. El cura, mejor capacitado que nadie para juzgar el acostumbrado retardo de su pupilo, sintió ahora auténtica curiosidad por saber hasta dónde este raro talento resistiría una prueba más severa. Después de pasar por el peluquero del pueblo para que le cortase el pelo hirsuto y pajizo y lo dejara más o menos presentable, se lo llevó en su trineo a la pequeña ciudad vecina, donde sabía de un rincón de apasionados ajedrecistas en el café de la plaza principal, contra los que por propia experiencia ni él mismo podía competir. No poco fue el asombro en la ronda de *habitués* cuando el cura hizo entrar al establecimiento al quinceañero de pelo rubio paja y cachetes colorados con su abrigo forrado en piel de oveja y las pesadas botas de caña muy alta, que se quedó en una esquina, confundido y con la vista gacha, hasta que lo invitaron a acercarse a una de las mesas. En la primera partida perdió, debido a que nunca había visto la apertura siciliana en la casa del buen párroco. En la segunda ya alcanzó un empate contra el mejor jugador. A partir de la tercera y de la cuarta, los fue venciendo a todos, uno tras otro.

En una pequeña ciudad de provincias del sur eslavo ocurren pocas cosas que exalten los ánimos, de modo que la primera presentación de este campeón campesino se convirtió de inmediato en un hecho sensacional para los ciudadanos honorables que se habían reunido en el lugar. Se decidió por unanimidad que el niño prodigio debía quedarse sin falta hasta el otro día en la ciudad, a fin de que se pudiera convocar a los otros miembros del club de ajedrez y, sobre todo, notificar en su castillo al viejo conde Simczic, un fanático del juego. El cura, que ahora miraba a su pupilo con un orgullo novedoso, pero que pese a su felicidad de descubridor no quería faltar a su obligatorio servicio de misa dominical, se declaró dispuesto a dejar allí a Mirko para un segundo examen. El joven Czentovic fue alojado en un hotel a costa de los ajedrecistas del café y esa tarde vio por primera vez un inodoro. A la tarde del día siguiente, domingo, el espacio dedicado al ajedrez estaba repleto. Mirko pasó cuatro horas sentado delante del tablero, venciendo a un jugador tras otro sin moverse, sin hablar una sola palabra y sin levantar la vista; al final, se propuso una partida simultánea. Demoraron un rato en hacerle entender al ignorante que en una partida simultánea debía enfrentar él solo a diferentes jugadores. Pero no bien entendió el sistema, Mirko se avino con rapidez a la tarea, yendo lentamente de mesa en mesa con sus zapatos pesados y chirriantes, hasta ganar siete de las ocho partidas.

Empezaron entonces las grandes consultas. Aun cuando este nuevo as no pertenecía a la ciudad en sentido estricto, el orgullo nacional se inflamó intensamente. Tal vez la pequeña ciudad, cuya existencia en el mapa casi nadie había advertido hasta entonces, pudiera por primera vez ganarse el honor de aportarle al mundo un hombre famoso. Un agente de nombre Koller, que de ordinario sólo gestionaba cupletistas y cantantes para el cabaret de la guarnición, se mostró dispuesto, siempre que le consiguieran un subsidio de un año, a encargarse de que el jovencito fuera instruido profesionalmente en Viena por un conocido suyo, excelente maestro de rango menor. El conde Simczic, que en sesenta años de jugar diariamente al ajedrez nunca se había enfrentado con un adversario tan notable, firmó el contrato de inmediato. Ese día empezó la asombrosa carrera del hijo del barquero.

Medio año más tarde, Mirko dominaba todos los secretos de la técnica del ajedrez, aunque con una limitación peculiar, que más tarde sería observada y ridiculizada en los círculos de expertos. Porque Czentovic jamás logró jugar una partida a ciegas, como se dice técnicamente, es decir, de memoria. Carecía por completo de la capacidad de trasladar el campo ajedrecístico al espacio ilimitado de la imaginación. Siempre debía tener la cuadrícula blanquinegra con sus cuarenta y dos escaques y los treinta y dos trebejos palpablemente delante de sí; aun en la época de su fama mundial, siempre llevaba consigo un ajedrez plegable de bolsillo, a fin de tener presente ópticamente una posición cuando quería reconstruir una partida magistral o resolver un problema en su fuero interno. Este defecto, en sí de poca monta, revelaba su falta de imaginación y era discutido en los círculos de iniciados con el mismo ardor que si, entre músicos, un virtuoso o un director sobresaliente se hubiese mostrado incapaz de tocar o de dirigir sin la partitura desplegada. Pero esta característica peculiar no retrasó de ningún modo el ascenso estupendo de Mirko. A los diecisiete años ya había ganado una docena de premios, con dieciocho se había alzado con el campeonato húngaro y con veinte, al fin, fue campeón mundial. Los campeones más audaces, cada uno de ellos inconmensurablemente superiores en talento intelectual, fantasía y osadía, caían bajo su obstinada y fría lógica, igual que Napoleón ante el moroso Kutusow o como Aníbal ante Quinto Fabio Máximo, del que Livio cuenta que en su infancia también había mostrado rasgos igualmente llamativos de indolencia e imbecilidad. De este modo sucedió que, en la ilustre galería de los maestros de ajedrez, que aúna entre sus filas los tipos más disímiles de superioridad intelectual —filósofos, matemáticos, naturalezas inductivas, imaginativas y a menudo creativas—, por primera vez irrumpió un completo foráneo, un lánguido y taciturno joven del campo al que ni los reporteros más duchos lograban sonsacarle ni una sola palabra que pudiera ser utilizada con fines perio-dísticos. Claro está que lo que Czentovic les negaba a los periódicos en sentencias agudas, muy pronto lo reempla-zó con anécdotas sobre su persona. Porque al instante de levantarse del tablero, donde era un campeón sin par, se convertía de manera irremediable en una figura grotes-ca, casi cómica; pese a su solemne traje negro, su corbata pomposa con el alfiler de perla demasiado ostentoso y sus dedos de laboriosa manicura, en su comportamiento y en sus modales seguía siendo el mismo limitado joven campe-sino que barría el aposento del cura de pueblo. Con torpe-za y una grosería francamente desvergonzada, intentaba sacar de su talento y de su fama todo lo que pudiera en términos de dinero, con una avidez mezquina y a menu-do incluso ordinaria, para jolgorio y fastidio de sus cole-gas. Viajaba de ciudad en ciudad, alojándose siempre en los hoteles más baratos, jugaba en las asociaciones más miserables, siempre que le concedieran sus honorarios, se dejaba retratar para publicidades de jabón y —sin pres-tarle atención a la mofa de sus rivales, perfectamente in-formados de que era incapaz de escribir tres oraciones de manera correcta— hasta llegó a vender su nombre para una *Filosofía del ajedrez*, escrita en realidad por un joven estudiante de Galitzia a instancias de un editor hábil para los negocios. Como todos los de naturaleza obstinada, ca-recía de sentido del ridículo; desde que se había convertido en campeón mundial, se consideraba el hombre más im-portante del mundo y la conciencia de haber vencido en su propio campo de batalla a todos esos oradores y escritores inteligentes, eruditos y deslumbrantes, sumado al hecho tangible de ganar más dinero que ellos, convirtió la inseguridad original en un orgullo frío, que por lo general manifestaba de manera burda.

—¿Cómo no iba una fama tan veloz a contaminar una cabeza tan vacía? —concluyó mi amigo, que acababa de contarme algunas pruebas clásicas de la prepotencia infantil de Czentovic—. ¿Cómo el hijo de un campesino del Banato no iba a tener un acceso de envanecimiento si de pronto, a los veintiún años, con sólo andar moviendo figuras sobre un tablero de madera, ganaba en una semana más que su pueblo entero en todo un año de talar árboles y realizar las faenas más duras? ¿Y no es condenadamente simple, luego, creerse una gran personalidad, si uno no se encuentra agobiado por la más mínima noción de que hayan existido un Rembrandt, un Beethoven, un Dante o un Napoleón? En su cerebro amurallado, este muchacho sólo sabe una cosa: que hace meses que no ha perdido ni una sola partida de ajedrez. Y como no sospecha que haya otras cuestiones de valor sobre nuestra tierra aparte del ajedrez y del dinero, tiene toda la razón de estar encantado consigo mismo.

Estas informaciones de mi amigo no dejaron de despertar mi viva curiosidad. Siempre me han atraído todo tipo de personas monomaníacas, encerradas en una sola idea, porque cuanto más se limita uno, tanto más se acerca, por el otro lado, al infinito; esta gente, en apariencia divorciada de la realidad, es precisamente la que dentro de su asunto específico se construye, al modo de las termitas, una síntesis del mundo curiosa y bastante única. De modo que no disimulé mi designio de estudiar con mayor atención este raro espécimen de estrechez intelectual durante los doce días de nuestro viaje a Río.

—En eso tendrá poca suerte —me advirtió, sin embargo, mi amigo—. Hasta donde sé, nadie ha logrado extraer de Czentovic ni el menor componente psicológico. Tras todas sus enormes limitaciones, este campesino pícaro esconde la gran astucia de nunca exponer sus flaquezas, gracias a la sencilla técnica de evitar cualquier conversación que no sea con coterráneos de su mismo ambiente, a los que busca en las fondas pequeñas. Donde olfatea a una persona culta, se mete en su caparazón; por eso nadie puede vanagloriarse de haberle oído decir ninguna tontería o de haber medido la profundidad aparentemente abismal de su ignorancia.

Y, en efecto, mi amigo no dejaría de tener razón. Durante los primeros días de viaje, demostró ser del todo imposible acercarse a Czentovic sin caer en una impertinencia grosera, cosa que no es mi estilo. Si bien caminaba a veces por la cubierta de paseo, siempre lo hacía con esa postura orgullosamente absorta, de manos entrelazadas a sus espaldas, como Napoleón en la pintura famosa; además, completaba siempre con tal premura y brusquedad sus rondas peripatéticas por cubierta que habría que haberlo seguido al trote para poder dirigirle la palabra. En las salas de socialización, en el bar y en el salón de fumadores no se mostraba nunca; como me comunicó el camarero tras una pesquisa confidencial, pasaba la mayor parte del día en su camarote, ejercitando o recapitulando partidas de ajedrez en un tablero imponente.

Después de tres días, empezó de veras a fastidiarme que su técnica de evasión resultara más hábil que mi voluntad de aproximarme a él. Nunca había tenido la oportunidad, en toda mi vida, de conocer en persona a un campeón de ajedrez, y cuanto más me esforzaba ahora por ver personificado a ese arquetipo, tanto más inconcebible me parecía una actividad cerebral que se pasa el día entero girando exclusivamente alrededor de un espacio de sesenta y cuatro casillas negras y blancas. Conocía, por propia experiencia, la atracción misteriosa del "juego regio", el único entre los inventados por el ser humano que se sustrae de manera soberana a cualquier tiranía del azar y le asigna la corona de la victoria únicamente a la inteligencia o, más bien, a una forma específica del talento intelectual. Pero ¿no se cae ya en una restricción ofensiva al tildar de juego al ajedrez? ¿No es también una ciencia, una técnica, un arte, flotando entre estas categorías como el ataúd de Mahoma entre el cielo y la tierra, un enlace único de todos los pares de opuestos? Antiquísimo a la vez que eternamente nuevo, mecánico en su disposición a la vez que sólo efectivo, a través de la fantasía, confinado a un espacio geométrico rígido, pero de combinaciones ilimitadas, en constante desarrollo y al mismo tiempo estéril, un pensamiento que no lleva a ninguna parte, una matemática que no calcula nada, un arte sin obras, una arquitectura sin sustancia y no por eso menos demostradamente perdurable en su esencia y en su existencia que todos los libros y obras, el único juego que le pertenece a todos los pueblos y a todas las épocas y del que nadie sabe qué dios trajo a la tierra a fin de matar el tedio, aguzar los sentidos y fortalecer el espíritu. ¿Dónde empieza y dónde termina? Cualquier niño puede aprender sus reglas básicas, cualquier diletante hacer el intento de jugarlo; sin embargo, dentro de esta cuadrícula inalterablemente estrecha se crea una especie particular de maestro, incomparable con cualquier otro, personas con un talento volcado en exclusiva al ajedrez, genios específicos en quienes visión, paciencia y técnica operan de manera efectiva en una distribución igual de determinada que en el matemático, el poeta y el músico, sólo que con una estratificación y concordancia diferentes. En épocas pasadas de pasión fisonómica, un Gall* habría diseccionado tal vez el cerebro de estos maestros, a fin de determinar si en semejantes genios existía una circunvolución especial de la masa gris, una suerte de músculo o tuberosidad ajedrecística que se encontrara inscrita con mayor intensidad que en los otros cráneos. ¡Y cómo hubiera estimulado a un fisonomista de ese tipo el caso de un Czentovic, donde ese genio específico aparecía incrustado en una absoluta indolencia intelectual, como una única veta de oro en un quintal de dura piedra! En principio, siempre me resultó comprensible que un juego así de único y superlativo debía crearse sus propios titanes, pero qué difícil, qué imposible más bien, imaginar la vida de una persona mentalmente ágil para la que el mundo se reduce a la estrecha calle de un solo sentido entre el blanco y el negro, que busca los triunfos de su vida en un mero ir y venir, adelante y atrás, entre treinta y dos figuras, una persona para la que una apertura nueva, adelantar el caballo en vez del peón, ya significa una proeza y un triste rinconcito de inmortalidad en un recodo de un libro de ajedrez: ¡una persona, una per-

* El médico alemán Franz Joseph Gall (1758-1828), fundador de la frenología o *Gallesche Lehre*, ya controvertida por la época en que ocurre la novela.

sona pensante, que, sin volverse loca, aplica durante diez, veinte, treinta, cuarenta años todo el potencial de su pensamiento, una y otra vez de nuevo, a la ridícula labor de acorralar un rey de madera sobre un tablero de madera!

Ahora tenía un fenómeno semejante, un genio tan peculiar o un loco tan enigmático, por primera vez bien cerca en un mismo espacio cerrado, a seis camarotes de distancia en el mismo barco, ¿y yo, un desgraciado en quien la curiosidad en cuestiones intelectuales siempre degenera en una suerte de frenesí, no iba a estar en condiciones de acercármele? Empecé a imaginar los ardides más absurdos: por ejemplo, el de lisonjear su vanidad simulando querer hacerle una supuesta entrevista para un periódico importante o, aprovechándome de su codicia, proponerle un lucrativo torneo en Escocia. Pero al final recordé que la técnica más acreditada del cazador para atraer al gallo montés consiste en imitar sus chillidos en época de celo; ¿qué podía ser más efectivo, a fin de llamar la atención de un campeón de ajedrez, que ponerme yo mismo a jugarlo?

Ahora bien, nunca en mi vida fui un jugador serio de ajedrez, por la simple razón de que siempre me dediqué a él de manera displicente y por placer; si me sentaba una hora frente al tablero, de ninguna manera lo hacía para esforzarme sino, por el contrario, para aliviar tensiones mentales. "Juego" al ajedrez en el sentido más amplio del término, mientras que los otros, los verdaderos ajedrecistas, lo "enserian",* como se dice en algunos lugares. Para

* Zweig usa el neologismo *ernsten* ("a fin de introducir una palabra nueva y audaz en el idioma alemán que me prohibió pronunciar Hitler") en contraposición con *spielen*.

el ajedrez, como para el amor, es imprescindible un compañero, y yo no sabía aún si, además de nosotros, había otros amantes del ajedrez a bordo. A fin de exhumarlos de sus cuevas, desplegué en el salón de fumadores una trampa primitiva, sentándome a modo de señuelo frente a un tablero con mi mujer, aunque ella jugara peor aún que yo. Y, en efecto, no habíamos hecho ni seis jugadas que ya se detuvo alguien que pasaba por ahí y una segunda persona pidió permiso para mirarnos jugar; finalmente se hizo presente también el compañero anhelado, que me desafió a una partida. Se llamaba McConnor y era un ingeniero de caminos escocés que, según me contó, había amasado una gran fortuna haciendo perforaciones petrolíferas en California, una persona de aspecto fornido con una mandíbula dura, fuerte, casi cuadrada, dentadura vigorosa y un cutis de tono intenso, cuya pigmentación pronunciadamente colorada era probable que se debiera, al menos en parte, a un consumo profuso de whisky. Los hombros muy anchos, casi atléticos, se hacían notar también en el carácter de su juego, lamentablemente, puesto que este Mister McConnor era de esa clase de exitosos ególatras que sentían las derrotas, incluso en el juego más insignificante, como una degradación de su autoestima. Acostumbrado a imponerse en la vida de manera despiadada y malacostumbrado por su éxito real, este macizo *self-made man* se hallaba imbuido a tal punto de una superioridad imperturbable que cualquier resistencia lo enardecía como si se tratase de una insurrección impertinente, casi una ofensa. Tras perder la primera partida, se puso de mal humor y empezó a explicar, de modo detallado y despótico, que eso sólo podía haberse debido a una distracción momentánea; tras caer derrotado en la tercera, culpó al ruido en el salón contiguo; nunca estaba dispuesto a perder una partida sin exigir revancha inmediata. Al principio, esta obstinación ambiciosa me divertía; al final, ya sólo la tomé como un epifenómeno inevitable de mi verdadero objetivo, que era atraer al campeón mundial a nuestra mesa.

Lo conseguí al tercer día, sólo a medias. Ya fuera porque nos observó ante el tablero desde la cubierta a través del ojo de buey o porque honró por casualidad el salón de fumar con su presencia, no bien vio a este par de ineptos ejerciendo su arte, se acercó involuntariamente un paso y desde esa distancia prudente echó una ojeada escrutadora a nuestro tablero. Justo le tocaba mover a McConnor. Y ya esa jugada pareció bastarle a Czentovic para informarse de cuán poco digno de su interés de maestro era seguir observando nuestros esfuerzos diletantes. Con el mismo gesto sobreentendido con que en una librería uno deja de lado, sin siquiera llegar a hojearla, la mala novela de detectives que le han ofrecido, se alejó de nuestra mesa y abandonó el salón de fumadores. "Pesados en la balanza y hallados faltos de peso",[*] pensé, un poco molesto por esa mirada fría, desdeñosa, y, para desahogar de algún modo mi despecho, se lo manifesté a McConnor:

—Su jugada no parece haber entusiasmado demasiado al campeón.

—¿Qué campeón?

Le expliqué que el caballero que acababa de pasar a

[*] *Cf.* Daniel 5:27.

nuestro lado y que le había echado una ojeada disconforme a nuestra partida era el campeón de ajedrez Czentovic. Pero bueno, añadí, entre ambos íbamos a superarlo y, sin pesadumbre, nos resignaríamos a su ilustre desprecio; a fin de cuentas, la gente pobre estaba condenada a cocer habas en todas partes. Para mi sorpresa, sin embargo, mi comentario desenfadado generó en McConnor un efecto completamente imprevisto. Enseguida se exaltó, olvidó nuestra partida y su ambición empezó a latir de manera casi audible. Dijo que no tenía idea de que Czentovic estuviera a bordo y que debía jugar contra él sin falta. Nunca en su vida se había enfrentado a un campeón mundial, salvo una vez en una partida simultánea con otros cuarenta jugadores; ya eso había sido terriblemente fascinante y casi había ganado. ¿Conocía yo al maestro personalmente? Dije que no. ¿No querría hablarle e invitarlo a acercarse? Rechacé argumentando que, según tenía entendido, Czentovic no estaba muy dispuesto a conocer gente nueva. Además, ¿qué incentivo podría ofrecerle al campeón mundial ocuparse de jugadores de tercera categoría como nosotros?

Eso de jugadores de tercera categoría es algo que hubiera hecho mejor en no decir frente a un hombre tan ambicioso como McConnor. Se recostó enfadado en su silla y declaró con hosquedad que, por su parte, no podía creer que Czentovic fuera a rechazar la amable petición de un *gentleman*, ya se encargaría él de eso. Por solicitud suya, le hice una breve descripción personal del campeón y, con una impaciencia incontrolable, se lanzó enseguida tras los pasos de Czentovic en la cubierta, dejándome plantado ante nuestro tablero con la mayor despreocupación. De nuevo sentí que no se podía frenar al dueño de unos hombros así de anchos cuando había puesto su voluntad en una cosa.

Esperé con bastante impaciencia. Diez minutos más tarde, McConnor regresó, no muy alegre, según mi impresión.

—¿Y? —pregunté.

—Usted tenía razón —respondió, algo molesto—. Un hombre no muy agradable. Me presenté, le expliqué quién era. Ni siquiera me extendió la mano. Intenté expresarle lo orgullosos y honrados que estaríamos todos aquí a bordo si quisiera jugar una partida simultánea contra nosotros. Pero él, con la espalda aún bien recta, me dijo que lo sentía, pero que tenía obligaciones contractuales con su agente que le impedían expresamente jugar durante toda su gira sin cobrar honorarios. Y que su mínimo eran doscientos cincuenta dólares por partida.

Me reí.

—Nunca se me hubiera ocurrido que mover figuras del negro al blanco pudiera ser un negocio tan lucrativo.[*] Espero que se haya despedido usted con igual cortesía.

Pero McConnor seguía absolutamente serio.

—La partida está estipulada para mañana a las tres de la tarde. Aquí en el salón de fumadores. Espero que no nos haga puré tan fácilmente.

—¿Cómo? ¿Consintió usted en pagarle doscientos cincuenta dólares? —exclamé, completamente anonadado.

—¿Por qué no? *C'est son métier.*[**] Si me dolieran las muelas y hubiera por casualidad un médico a bordo, tampoco le

* Ajustado por inflación, el valor de 250 dólares en 1939 equivale a unos 5 mil dólares en 2022 (fuente: www.officialdata.org).

** "Es su oficio", en francés.

exigiría que me sacara el diente gratis. El hombre está en todo su derecho de pedir una tarifa abultada; en cada oficio, los que realmente saben son también los mejores negociantes. Y en lo que a mí respecta: cuanto más claro un negocio, tanto mejor. Prefiero pagar *cash* que dejar que un señor Czentovic se compadezca de mí y al final hasta tener que agradecerle. A fin de cuentas, en nuestro club ya he perdido sumas superiores a doscientos cincuenta dólares en una sola noche, sin jugar contra ningún campeón mundial. Para un jugador "de tercera categoría" no es ninguna vergüenza ser derrotado por un Czentovic.

Me divirtió reparar hasta qué punto había ofendido la autoestima de McConnor con mi inocente expresión "jugador de tercera categoría". Pero como él estaba dispuesto a pagarse ese oneroso placer, no tuve nada que objetar contra su ambición improcedente, que al fin me facilitaría conocer a mi bicho raro. Informamos sobre el acontecimiento inminente a los cuatro o cinco caballeros que hasta el momento se habían declarado jugadores de ajedrez e hicimos reservar para el *match* no sólo nuestra mesa, sino también las vecinas, a fin de ser molestados lo menos posible por el flujo continuo de pasantes.

Al día siguiente, nuestro pequeño grupo se presentó en pleno a la hora acordada. El lugar del medio frente al maestro le fue asignado naturalmente a McConnor, que descargó su nerviosismo encendiendo un grueso cigarro tras otro y mirando una y otra vez con impaciencia el reloj. Pero el maestro —algo que yo ya había barruntado después de las historias de mi amigo— se hizo esperar unos buenos diez minutos, con lo que su aparición adquirió un aplomo mayor aún. Se acercó a la mesa con tranquilidad y sosiego. Sin presentarse —"Ustedes saben quién soy y quiénes son ustedes no me interesa", parecía expresar esta descortesía— empezó con sequedad profesional a disponer los elementos. Puesto que por falta de tableros a bordo resultaba imposible una partida simultánea, propuso que jugáramos todos juntos contra él. Después de cada jugada, a fin de no molestarnos en nuestras deliberaciones, se retiraría a otra mesa al final del salón. No bien hiciéramos nuestra jugada, debíamos, a lamentable falta de una campanilla, golpear un vaso con una cuchara. Propuso un tiempo máximo de diez minutos por movimiento, en caso de que no deseáramos otra segmentación. Claro está que nosotros, como alumnos tímidos, consentimos cada una de sus sugerencias. El sorteo de los colores dio negro para Czentovic; aún de pie hizo su primera jugada de respuesta para enseguida dirigirse al lugar de espera que había propuesto, donde se recostó en la silla y se puso a hojear con displicencia un periódico ilustrado.

Tiene poco sentido relatar la partida. Terminó como debía terminar: con nuestra derrota absoluta, ya en la jugada veinticuatro. Ahora bien, que un campeón mundial de ajedrez barriera con la mano izquierda a media docena de jugadores mediocres, o menos que mediocres, era en sí poco sorprendente; lo que nos molestó fue el modo prepotente con el que nos hizo sentir a todos que nos estaba despachando con la mano izquierda. En cada ocasión, apenas si le echaba al tablero una mirada en apariencia fugaz, pasándonos con indolencia por alto, como si también nosotros fuéramos figuras de madera; un gesto impertinente que, quiérase o no, nos recordaba aquél con el que, apartando la vista, se le tira un hueso a un perro sarnoso. Si hubiera tenido un mínimo de tacto, nos podría haber señalado errores o animado con algunas palabras amables, creo yo. Pero ni siquiera al final de la partida este autómata inhumano del ajedrez se avino a pronunciar ni una sola sílaba, sino que, tras decir "Jaque mate", esperó impertérrito ante la mesa por si deseábamos una segunda partida. Yo ya me había puesto en pie para expresar, con torpeza, como ocurre siempre que uno debe enfrentarse a la hosquedad insensible, que al menos por mi parte, finiquitado este negocio en dólares, daba por concluido el gusto de haberlo conocido, cuando a mi lado, y para mi enojo, McConnor dijo con voz muy ronca:

—¡Revancha!

El tono desafiante francamente me asustó y, de hecho, McConnor daba en ese momento la impresión de ser un boxeador a punto de lanzar sus golpes, antes que un amable *gentleman*. Ya fuera por el tipo de trato que nos había dispensado Czentovic, o sólo por lo patológicamente susceptible de su ambición, lo cierto es que McConnor había sufrido una transformación de fondo. Tenía la cara roja hasta las raíces del pelo, las fosas nasales dilatadas por la presión interna, transpiraba a ojos vista y, por morderse los labios, se le abría una profunda hendidura hasta la barbilla, combativamente echada hacia delante. Con inquietud, reconocí en sus ojos esas llamas de pasión incontrolable que por lo general sólo abrasan a las personas frente a la ruleta, cuando por sexta o séptima vez de apostar siempre el doble de la anterior sigue sin salir el color correcto. En ese momento supe que, aun si le costaba toda su fortuna, esa ambición fanática jugaría y jugaría y jugaría contra Czentovic, apostando simple o doble, hasta ganarle por lo menos una vez. Si Czentovic perseveraba, había encontrado en McConnor una mina de oro, de la que podría extraer hasta Buenos Aires un par de miles de dólares.

Czentovic se mantuvo inmutable.

—Por favor —respondió cortésmente—. Los caballeros juegan ahora con negras.

Tampoco la segunda partida ofreció un panorama diferente, salvo que un par de curiosos no sólo agrandaron nuestro círculo, también lo volvieron más animado. McConnor mantenía la vista clavada en el tablero, como queriendo magnetizar las figuras con su voluntad de victoria; pude percibir que hubiera sacrificado con entusiasmo mil dólares por poder gritarle un jubiloso "¡Jaque mate!" a ese adversario impasible. Curiosamente, algo de su exaltación encarnizada se transmitió de manera inconsciente al resto del grupo. Cada una de las jugadas se discutía ahora con mucha mayor pasión que antes, siempre reteniéndonos los unos a los otros en el último momento antes de ponernos de acuerdo en hacer la señal que volvía a llamar a Czentovic a nuestra mesa. Poco a poco, habíamos llegado a la jugada diecisiete y, para nuestra sorpresa, se había planteado una constelación que parecía desconcertantemente favorable, debido a que habíamos logrado llevar el peón de la fila c hasta la penúltima casilla, c2; sólo nos faltaba adelantarlo a c1 para adquirir una nueva dama. Claro que no nos sentíamos del todo cómodos con esta oportunidad demasiado evidente; sospechábamos, por unanimidad, que esa aparente ventaja obtenida por nuestros medios en realidad debía habérnosla ofrecido adrede, a modo de anzuelo, el propio Czentovic, que abarcaba la situación con una mirada de mucho mayor alcance. Pero, pese a buscar y debatir intensamente entre todos, no lográbamos descubrir la artimaña oculta. Por fin, al borde del tiempo asignado para la reflexión, decidimos arriesgarnos y hacer el movimiento. McConnor estaba a punto de rozar el peón para desplazarlo a la última casilla, cuando sintió que alguien lo agarraba súbitamente del brazo y le susurraba en voz baja y enérgica:

—¡Por todos los cielos! ¡No!

Todos giramos como en un acto reflejo. Un señor de unos cuarenta y cinco años, cuyo rostro angosto y anguloso ya me había llamado la atención en el paseo de cubierta por su notable palidez como de tiza, debía de haberse unido a nosotros en los últimos diez minutos, mientras abocábamos toda nuestra atención al problema. Percibiendo nuestra mirada, se apresuró a agregar:

—Si usted corona, él se comerá de inmediato la dama con el alfil en c1, que usted tomará a su vez con el caballo... Pero, entretanto, él moverá su peón libre a d7, amenazando a su torre y, aun si usted le hace jaque con su caballo, perderá, y en nueve o diez jugadas estará acabado. Es prácticamente la misma combinación que introdujo Alekhine contra Bogoliúbov en el Gran Torneo de Piešťany de 1922.

McConnor soltó la figura, sorprendido, y se quedó mirando, no menos asombrado que nosotros, al hombre que había acudido en nuestra ayuda como un insospechado ángel del cielo. Alguien que podía calcular un jaque mate con nueve jugadas de antelación debía de ser un experto de primer orden, tal vez incluso un competidor por el campeonato que viajaba hacia el mismo torneo, y su repentina aparición e intervención en un momento tan crítico tenía algo casi sobrenatural. El primero en recuperar la presencia de ánimo fue McConnor.

—¿Qué sugeriría hacer? —susurró, exaltado.

—¡No adelantarse todavía, por el momento hay que evadirse! Ante todo, sacar al rey de la fila en peligro, de g8 hacia h7. Es probable entonces que él pase el ataque al otro flanco. Pero usted lo frenará con torre c8-c4. Eso le costará a él en dos jugadas un peón y, por lo tanto, la superioridad. Después quedará peón libre contra peón libre y, si se mantiene usted realmente a la defensiva, logrará hacer tablas. Más no va a conseguir.

Volvimos a quedar asombrados. La precisión, no menos que la rapidez de sus cálculos, tenía algo desconcertante; era como si recitara las jugadas leyéndolas de un libro. Sea como sea, la oportunidad inesperada, gracias a su intervención, de llevar nuestra partida a un empate contra un campeón mundial, tuvo un efecto mágico. De común acuerdo nos apartamos a un lado, para dejarle la vista del tablero despejada. McConnor preguntó otra vez:

—¿O sea el rey de g8 a h7?

—¡Sí, señor! ¡Recular, antes que nada!

McConnor obedeció y nosotros hicimos sonar el vaso. Czentovic se acercó a nuestra mesa con su habitual andar indiferente y midió de un vistazo la jugada. Luego movió el peón de rey de h2 a h4, tal cual había previsto nuestro ayudante desconocido. Que enseguida susurró enfervorizado:

—Adelante la torre, adelante la torre, c8 a c4, así tiene que cubrir primero los peones. ¡Pero eso no le servirá de nada! Sin preocuparse por sus peones libres, usted comerá con el caballo de c3 a d5 y el equilibrio quedará restablecido. ¡Toda la presión hacia delante, en lugar de defender!

No entendimos a qué se refería. Para nosotros, hablaba en chino. Pero una vez bajo su hechizo, McConnor movió, sin reflexionar, tal como éste ordenaba. Volvimos a golpear el vaso, llamando a Czentovic. Por primera vez, no se decidió enseguida, sino que se quedó mirando el tablero con interés. Después hizo exactamente la jugada que el extraño había anunciado y giró como para irse. Pero antes de retirarse, ocurrió algo nuevo e inesperado. Czentovic alzó la vista y examinó las hileras de sus contrincantes; quería averiguar, a todas luces, quién era el que de pronto le ofrecía una resistencia tan enérgica.

A partir de ese momento, nuestra excitación se multiplicó al infinito. Hasta entonces habíamos jugado sin esperanzas serias, en cambio, ahora, la idea de quebrar la fría arrogancia de Czentovic acaloró todos los pulsos. Pero nuestro nuevo amigo ya había ordenado el próximo movimiento y pudimos llamar de vuelta a Czentovic (los dedos me temblaban al golpear el vaso con la cuchara). Y entonces tuvo lugar nuestro primer triunfo. Czentovic, que hasta el momento sólo había jugado de pie, dudó y dudó, hasta que finalmente tomó asiento. Se sentó con lentitud y pesadez, con lo que quedó abolido, desde un punto de vista ya netamente corporal, ese mirarnos desde arriba que se había establecido entre él y nosotros. Lo habíamos forzado a ponerse a nuestra altura, aunque sólo fuera a nivel espacial. Reflexionó largo rato, los ojos inmóviles inclinados sobre el tablero, de modo tal que ya no se podían distinguir las pupilas bajo los párpados pesados, y en el esfuerzo mental extremo se le fue abriendo paulatinamente la boca, lo que le dio a su cara redonda una expresión un poco ingenua. Czentovic pensó durante algunos minutos, luego movió una pieza y se puso de pie. Y ya nuestro amigo susurraba:

—¡Una jugada distractiva! Bien pensado. ¡No se presten a eso! Forzar intercambio, intercambio sí o sí, y entonces haremos tablas y ningún dios podrá ayudarlo ya.

McConnor obedeció. En las siguientes jugadas, empezó entre ambos —hacía rato que los otros habíamos sido degradados a meras comparsas— un ir y venir que nos resultó incomprensible. Tras unas siete jugadas, Czentovic alzó la vista, después de un largo rato de reflexión, y declaró:

—Tablas.

Por un instante se hizo un silencio absoluto. De repente se empezó a oír el rumor de las olas, la radio del salón con su jazz, cada paso en la cubierta y el sigiloso, delicado zumbido del viento penetrando por las junturas de las ventanillas. Ninguno de nosotros respiraba, había ocurrido demasiado pronto y estábamos aún anonadados ante el improbable hecho de que ese desconocido hubiera impuesto su voluntad sobre el campeón en una partida ya medio perdida. McConnor se reclinó de golpe hacia atrás y el aliento contenido escapó audiblemente de sus labios con un encantado "¡Ah!". Por mi lado, miré a Czentovic. Ya en las últimas jugadas me había dado la impresión como si hubiese empalidecido. Pero sabía mantener la compostura. Persistió en su rigidez aparentemente ecuánime y preguntó sólo como de pasada, mientras retiraba las figuras del tablero con mano tranquila:

—¿Desean los caballeros una tercera partida?

Se trataba de una pregunta objetiva, puramente profesional. Pero lo curioso fue que al hacerla no miró a McConnor, sino que clavó la vista, penetrante y recta, en nuestro salvador. Czentovic debió de haber reconocido a su verdadero contrincante por las últimas jugadas, del mismo modo que un caballo reconoce a un jinete nuevo y mejor por como lo monta. Involuntariamente seguimos su mirada y nos quedamos con los ojos expectantes en el extraño. Sin embargo, antes de que éste pudiera volver en sí y contestar, McConnor ya había exclamado triunfante, en su ambiciosa exaltación:

—¡Por supuesto! Pero ahora tendrá que jugar solo contra él. ¡Usted solo contra Czentovic!

Entonces tuvo lugar algo imprevisible. El extraño, que curiosamente seguía mirando con intensidad el tablero ya vacío, se sobresaltó al ver que todos lo miraban y por sentirse interpelado con tanto entusiasmo. Sus rasgos se turbaron.

—De ningún modo, caballeros —balbuceó, visiblemente contrariado—. Eso queda descartado por completo... Yo no entro en absoluto en consideración... hace veinte, no, veinticinco años que no me siento frente a un tablero de ajedrez y... y sólo ahora me doy cuenta del descaro con que me he comportado, entrometiéndome sin permiso en su partida... Por favor, sepan disculpar mi impertinencia... no voy a seguir molestándolos.

Y antes aún de que pudiéramos recuperarnos de nuestro asombro, ya se había retirado y abandonado el recinto.

—¡Pero eso es imposible! —tronó el temperamental McConnor, golpeando con el puño—. ¡Del todo descartado que ese hombre no haya jugado ajedrez en los últimos veinticinco años! Si calculó cada movimiento, cada réplica con cinco, seis jugadas de antelación. Nadie puede hacer eso sin estar preparado. Totalmente descartado, ¿no es cierto?

McConnor había dirigido la última pregunta involuntariamente a Czentovic. Pero el campeón mundial permaneció impertérrito.

—No estoy en condiciones de emitir un juicio al respecto. En todo caso, el caballero ha jugado de manera algo extraña e interesante; por eso también le di, adrede, una oportunidad.

Y poniéndose lánguidamente de pie, añadió con la frialdad que lo caracterizaba:

—Si el caballero o los caballeros desean una nueva partida mañana, estoy a disposición a partir de las tres de la tarde.

No pudimos evitar una sonrisa silenciosa. Cada uno de nosotros sabía que de ninguna manera Czentovic le había cedido generosamente una oportunidad a nuestro desconocido y que ese comentario no había sido más que un pretexto ingenuo para enmascarar su propio fracaso. Lo cual no hizo más que acrecentar nuestro anhelo de ver humillada su imperturbable altanería. De golpe nos había invadido a nosotros, pacíficos e indolentes habitantes de a bordo, un ardor bélico salvaje y ansioso, porque la idea de que justo en nuestro barco, en medio del océano, se le pudiera arrancar la corona al campeón de ajedrez —un récord que luego correría como reguero de pólvora por el mundo entero desde todas las oficinas de telégrafo— nos había fascinado del modo más provocador. A eso se añadía el encanto de lo misterioso, que provenía de la intervención inesperada de nuestro salvador justo en el momento crítico, así como el contraste entre su humildad casi atemorizada y la autoestima inconmovible del profesional. ¿Quién era ese desconocido? ¿El azar había sacado aquí a la luz a un genio del ajedrez que aún no había sido descubierto? ¿O por alguna razón insondable un maestro famoso nos estaba ocultando su nombre? Discutimos todas estas posibilidades con la mayor exaltación, aun las hipótesis más temerarias no nos parecían suficientemente audaces a la hora de conciliar la enigmática timidez y la sorpresiva confesión del extraño con su inequívoco dominio del juego. Pero en un sentido estuvimos todos de acuerdo: de ningún modo queríamos renunciar al espectáculo de un renovado combate. Decidimos intentarlo todo para que nuestro ayudante jugara al día siguiente una partida contra Czentovic y McConnor se comprometió a asumir el riesgo económico. Como entretanto se reveló, tras algunas averiguaciones con el camarero, que el desconocido era austríaco, recayó sobre mí, como su compatriota, el encargo de presentarle nuestra solicitud.

No me llevó mucho tiempo encontrar sobre la cubierta de paseo al que había huido con tanta celeridad. Leía recostado en una tumbona. Antes de acercarme, aproveché la oportunidad para observarlo. La cabeza, de contornos nítidos, descansaba sobre una almohada en una postura como de ligero adormecimiento; una vez más, me llamó la atención la curiosa lividez de ese rostro relativamente joven, enmarcado a la altura de las sienes por una cabellera tan blanca que encandilaba; tuve la impresión, no sé por qué, de que ese hombre debió haber envejecido de un momento para el otro. No bien me aproximé, se puso amablemente de pie y se presentó diciéndome su apellido, que enseguida reconocí como el de una distinguida familia austríaca de antigua estirpe. Recordé que un portador de ese apellido había pertenecido al círculo de amigos más íntimos de Schubert y que también uno de los médicos personales del antiguo emperador provenía de esa familia. Al transmitirle al Dr. B. nuestra petición de aceptar el desafío de Czentovic, quedó notoriamente perplejo. Se hizo patente que, al jugar aquella partida, no había tenido ni idea de haberle hecho frente, dignamente, a un campeón mundial, incluso al más exitoso del momento. Por algún motivo, esta noticia pareció causarle una impresión especial, pues me preguntó una y otra vez si estaba seguro de que su adversario era efectivamente un reconocido campeón mundial. Enseguida me di cuenta de que esta circunstancia facilitaba mi encargo y sólo me pareció aconsejable callarle, intuyendo su sensibilidad, que el riesgo económico de una eventual derrota correría por cuenta de la caja de McConnor. Tras largos titubeos, el Dr. B. se mostró finalmente dispuesto a un *match*, aunque no sin haber pedido de manera expresa que les advirtiera a los otros caballeros que de ninguna manera cifraran unas esperanzas exageradas en sus habilidades.

—Porque de veras no sé si estoy en condiciones de jugar correctamente una partida de ajedrez siguiendo todas sus reglas —agregó con una sonrisa meditabunda—. Por favor, créame que no se trató de falsa modestia cuando dije que desde mi época de bachiller, es decir hace más de veinte años, que no he vuelto a tocar un trebejo. Incluso por aquel entonces era un jugador sin ningún talento extraordinario.

Dijo esto de un modo tan natural que me resultó imposible albergar la menor duda acerca de su honestidad. De todos modos, no pude dejar de poner de manifiesto mi admiración por la precisión con que podía recordar cada una de las combinaciones de los maestros más diversos; al menos debía de haberse abocado mucho al ajedrez en términos teóricos. El Dr. B. volvió a desplegar una de sus sonrisas soñadoras.

—¡Abocarme mucho! Por Dios, sí que se puede decir que me aboqué mucho al ajedrez. Pero eso ocurrió bajo circunstancias muy especiales, más aún, completamente únicas. Es una historia bastante complicada y podría considerarse, en el mejor de los casos, como un pequeño aporte a la gran y encantadora época en la que vivimos. Si cuenta usted con media hora de paciencia...

Me había indicado la tumbona que estaba a su lado. Acepté con gusto su invitación. No teníamos vecinos. El Dr. B. se quitó los anteojos de lectura, los dejó a un lado y empezó:

—Usted ha sido tan amable de expresarme que, como vienés, recordaba el apellido de mi familia. Pero sospecho que no debe de haber oído hablar del bufete de abogados que presidí, primero con mi padre y más tarde solo, puesto que no llevábamos adelante ninguna causa de esas que luego son tratadas por la prensa y evitábamos, por principio, aceptar nuevos clientes. En realidad, ya no teníamos un verdadero bufete, sino que nos limitábamos de manera exclusiva a la asesoría jurídica y, sobre todo, a la administración de bienes de los grandes conventos, con los que mi padre tenía un vínculo estrecho como antiguo diputado del partido clerical. Además (ahora que la monarquía ya es historia, supongo que se debe poder hablar de ello), se nos había confiado la curaduría de los fondos de algunos miembros de la familia imperial. Esta conexión con el palacio y con el clero (mi tío era médico personal del rey, otro tío era abad en Seitenstetten) se remontaba a dos generaciones, nosotros sólo teníamos que sostenerla. Era una tarea tranquila, casi diría silenciosa, la que se nos concedía a través de esta confianza heredada, que en el fondo no demandaba mucho más que una muy estricta discreción y fiabilidad, dos atributos que mi difunto padre poseía en grado sumo; él logró, en efecto, tanto en los años de la inflación como en los de la debacle, que sus clientes conservaran, gracias a su perspicacia, valores patrimoniales cuantiosos. Luego, cuando Hitler subió al poder en Alemania y empezó sus asaltos contra los bienes de la Iglesia y de los conventos, pasaron por nuestras manos, también desde más allá de la frontera, algunas negociaciones y transacciones, para al menos salvar de la incautación los bienes muebles y, por ciertos convenios políticos secretos de la curia y de la familia imperial, ambos sabíamos más de lo que la opinión pública jamás tendrá noticia. Pero precisamente la sobriedad de nuestro bufete (no teníamos ni una placa en la puerta), así como el cuidado que poníamos ambos en evitar ostensiblemente todos los círculos monárquicos de Viena, ofrecía la protección más segura ante indagaciones indeseadas. De hecho, en todos estos años ninguna autoridad en Austria sospechó nunca que los mensajeros secretos de la casa imperial retiraban o entregaban su correspondencia más importante en nuestra deslucida oficina del cuarto piso.

"Ahora bien, los nacionalsocialistas, mucho antes de equipar sus ejércitos para luchar contra el mundo, empezaron a organizar en los países vecinos un ejército igual de peligroso y entrenado: la Legión de los perjudicados, los postergados, los ofendidos. Sus así llamadas "células" anidaban en cada oficina pública, en cada empresa, sus soplones y espías ocupaban cada puesto, incluyendo las habitaciones privadas de Dollfuß y Schuschnigg.* Hasta en nuestro improbable bufete tenían su hombre, como supe lamentablemente demasiado tarde. No era más que un empleado deplorable y sin talento, que contraté por recomendación de un cura, sólo por darle al bufete el aspecto externo de una entidad normal; en realidad, no lo utilizábamos para nada que no fueran tareas inocentes de mensajería, lo hacíamos atender el teléfono y ordenar las actas, o sea, las actas intrascendentes e inofensivas. No tenía permitido abrir nunca la correspondencia, todas las cartas importantes las escribía yo mismo a máquina, sin guardar copia, todos los documentos de relevancia me los llevaba a casa y pasaba las conversaciones secretas siempre a las oficinas del convento o al consultorio de mi tío. Gracias a estas medidas de prevención, el informante no llegó a ver nada de los asuntos esenciales; pero por una casualidad desdichada, este muchacho ambicioso y engreído tuvo que haber notado que desconfiábamos de él y que a sus espaldas se llevaban a cabo todo tipo de

*Engelbert Dollfuß fue el canciller de Austria hasta 1934 y Kurt Schuschnigg su sucesor hasta 1938.

actividades interesantes. Tal vez durante mi ausencia alguno de los mensajeros había hablado imprudentemente de "Su majestad", en vez del "Barón Fern", como estaba estipulado, o el desgraciado había abierto cartas sin permiso; sea como sea, antes de que yo pudiera sospechar de él, consiguió en Múnich o Berlín el encargo de vigilarnos. Sólo mucho más tarde, cuando hacía tiempo que me habían puesto en prisión, recordé que la indolencia con que trabajaba al principio se había transformado en los últimos meses en un repentino empeño y que varias veces se había ofrecido, de forma casi impertinente, a llevar mi correspondencia al correo. De modo que no puedo declararme inocente de una cierta imprudencia, aunque, en definitiva, ¿no han sido doblegados por el hitlerismo, a traición, hasta los diplomáticos y los militares más grandes del mundo? La escrupulosidad y el cariño con que hacía tiempo que la Gestapo venía vigilándome quedaron evidenciados de manera sumamente palpable la misma tarde en que Schuschnigg presentó su abdicación,* y un día antes de que Hitler entrara en Viena, yo ya había sido apresado por oficiales de la SS. Afortunadamente, aún llegué a quemar los papeles más importantes, justo después de oír en la radio el discurso de despedida de Schuschnigg; el resto de los documentos, con los recibos imprescindibles de los valores patrimoniales de los conventos y de dos archiduques depositados en el extranjero, se los mandé a mi tío, escondidos en un canasto de ropa sucia, a través de mi vieja y fiel ama de llaves, en el último minuto, antes de que los muchachos aporrearan mi puerta.

* 11 de marzo de 1938.

El Dr. B. se interrumpió para encender un cigarro. A la luz de la llama noté un temblor nervioso en la comisura derecha de su boca, que ya me había llamado la atención antes y que, como pude observar ahora, se repetía cada par de minutos. Era un movimiento fugaz, apenas más fuerte que un soplo, pero le confería al rostro entero una curiosa inquietud.

—Ya sospechará, probablemente, que le hablaré del campo de concentración, al que fueron enviados todos aquellos que se mantuvieron leales a nuestra antigua Austria, y de las humillaciones, martirios y torturas que padecí allí. Pero no sucedió nada de eso. Entré en otra categoría. No fui arrastrado junto a esos infelices en los que descargaron con vejaciones físicas y espirituales un resentimiento largamente acumulado, sino que me asignaron a ese otro grupo, bien pequeño, del que los nacionalsocialistas esperaban sonsacar ya fuera dinero o información importante. En sí, por supuesto, mi humilde persona carecía por completo de interés para la Gestapo. Pero debieron de haber averiguado que nosotros habíamos sido los testaferros, administradores y gente de confianza de sus enemigos más enconados, y lo que esperaban sonsacarme mediante extorsión era evidencia incriminatoria: evidencia contra los conventos, a los que querían probarles negocios turbios con su patrimonio, y evidencia contra la familia imperial y contra todos aquellos que en Austria se habían puesto abnegadamente del lado de la monarquía. Sospechaban (y, a decir verdad, no sin razón) que de aquellos fondos que habían pasado por nuestras manos aún se ocultaban existencias considerables, inaccesibles a su rapacidad; por eso me hicieron comparecer el primer día, a fin de arrancarme a la fuerza estos secretos con sus probados métodos. Por eso a las personas de mi categoría, a las que había que sonsacarle información importante o dinero, no las mandaban a un campo de concentración, sino que les reservaban un tratamiento especial. Recordará usted que nuestro canciller y, por otro lado, el barón Rothschild, de cuyos parientes esperaban obtener millones, no fueron puestos tras alambre de púas en un campo de prisioneros, sino que, simulando favoritismo, los trasladaron a un hotel, el Hotel Metropole, que a su vez era el cuartel central de la Gestapo, en donde cada cual recibió una habitación aparte. También a mi modesta persona le fue dispensado ese honor.

"Una habitación propia en un hotel, ¿no es cierto que suena sumamente humano? Pero puede creerme que, al no acumularnos en grupos de veinte en una barraca helada, sino alojarnos por separado en habitaciones de hotel aceptablemente calefaccionadas, de ninguna manera nos concedieron a los "prominentes" un tratamiento humano, sino sólo un método más refinado. Porque la presión con que se nos quería sonsacar la "evidencia" requerida debía funcionar, no por medio de palizas brutales o torturas físicas, sino de modo sutil: el aislamiento más perspicaz que se pueda concebir. No nos hicieron nada: sólo nos colocaban en la nada absoluta, porque se sabe que no hay nada en la tierra que ejerza mayor presión sobre el alma humana que la nada. Al encerrarnos a cada uno de nosotros en un vacío total, en una habitación herméticamente clausurada al mundo exterior, debía generarse desde dentro, y no desde fuera mediante golpizas y frío, esa presión que finalmente nos hiciera romper el silencio. A primera vista, el cuarto que me asignaron no se veía para nada desagradable. Tenía una puerta, una mesa, una cama, un sillón, un lavamanos, una ventana enrejada. Pero la puerta permanecía cerrada día y noche, sobre la mesa no podía haber ningún libro, ningún periódico, ninguna hoja de papel, ningún lápiz, y la ventana daba a un muro; alrededor de mi yo, e incluso sobre mi propio cuerpo, se constituyó la nada más absoluta. Me habían quitado todos los objetos: el reloj, para que no supiera la hora; el lápiz, para que no pudiera escribir nada; la navaja, para que no pudiera abrirme las venas; me negaron hasta el nimio embotamiento del cigarrillo. No veía a nadie que no fuera el guardián, que no tenía permitido decir palabra ni responder preguntas, una cara humana, pero nunca una voz humana; el ojo, el oído, ninguno de los sentidos recibía el menor estímulo de la mañana hasta la noche y de la noche hasta la mañana; uno estaba solo consigo mismo, desesperadamente solo con su cuerpo y con los cuatro o cinco mudos objetos: mesa, cama, ventana, lavamanos. Vivía uno como el buzo bajo una campana de cristal en el océano negro de este silencio, un buzo que para colmo intuye que han cortado la cuerda que lo une al mundo exterior y que nunca lo sacarán de la profundidad muda. No había nada que hacer, nada que oír, nada que ver, en todas partes y sin ininterrupciones lo rodeaba a uno la nada, el completo vacío sin espacio ni tiempo. Uno iba y venía y, con uno, iban y venían los pensamientos, de un lado al otro, una y otra vez. Pero incluso los pensamientos, por muy faltos de sustancia que parezcan, precisan un punto de apoyo, de lo contrario empiezan a dar vueltas y a girar sin sentido en torno a sí mismos; tampoco ellos toleran la nada. Uno se la pasaba esperando algo, desde la mañana hasta la noche, y no ocurría nada. Esperando una y otra vez. No ocurría nada. Esperando, esperando, esperando; pensando, pensando, pensando, hasta que dolían las sienes. Nada ocurría. Seguías solo. Solo. Solo.

"Esto duró dos semanas, en las que viví fuera del tiempo, fuera del mundo. Si en aquel momento se hubiera declarado la guerra, no me habría enterado; mi mundo se componía nada más que de una mesa, una puerta, una cama, un lavamanos, un sillón, una ventana y una pared; pasaba todo el tiempo con la vista fija en el mismo papel tapiz sobre la misma pared; de tanto que lo observé, cada línea de su dibujo dentado se grabó como con un buril de cobre hasta en el pliegue más recóndito de mi cerebro. Finalmente, empezaron los interrogatorios. De pronto recibías el llamado, sin saber bien si era de día o de noche. Llegaba el llamado y eras conducido por un par de pasillos, sin saber a dónde ibas; después había que esperar en algún sitio, no se sabía dónde, y de repente estabas frente a una mesa, alrededor de la cual estaban sentadas dos personas en uniforme. Sobre la mesa había una pila de papeles: las actas, de las que uno no sabía qué contenían. Entonces empezaban las preguntas, las verdaderas y las falsas, las claras y las traicioneras, las encubiertas y las capciosas. Y mientras uno respondía, dedos extraños y malvados hojeaban los papeles, de los que uno no sabía qué contenían, y dedos extraños y malvados escribían algo en un protocolo, y uno no sabía qué era lo que escribían. Pero lo más tremendo de estos interrogatorios era, para mí, que jamás pude adivinar y calcular qué era lo que efectivamente sabía la gente de la Gestapo de lo que pasaba en mi bufete y qué era lo que esperaban sonsacarme ahora. Como ya le he dicho, le había enviado los papeles comprometedores a mi tío en el último momento a través del ama de llaves. Pero ¿los había recibido? ¿No los había recibido? ¿Y cuánto había delatado aquel empleado? ¿Cuántas cartas habían interceptado ya, cuántas, acaso, habían logrado sacarle con extorsiones a algún clérigo inexperimentado en los conventos alemanes que representábamos? Y ellos preguntaban y preguntaban. ¿Qué papeles había comprado para tal convento, con qué bancos mantenía correspondencia, si conocía o no a un señor tal y cual, si había recibido cartas desde Suiza o desde Steenokkerzeel...?* Y como yo nunca podía calcular si ya habían hecho sus averiguaciones, cada pregunta se convertía en una responsabilidad formidable. Si admitía algo que ellos desconocían, tal vez estaba denunciando a alguien de manera innecesaria. Si negaba demasiado, me perjudicaba a mí mismo.

"Pero el interrogatorio no era lo peor. Lo peor era regresar del interrogatorio a mi nada, a la misma habitación con la misma mesa, la misma cama, el mismo lavamanos, el mismo papel tapiz. Porque no bien me quedaba en soledad conmigo mismo, intentaba reconstruir qué hubiera sido lo más inteligente responder y qué era lo que debía decir la próxima vez, para de nuevo distraer la sospecha que quizá había despertado con algún comentario imprudente. Reflexionaba, pensaba a fondo, indagaba, examinaba mis declaraciones,

---

* Cerca de Bruselas, donde se encontraba Zita, la exemperadora de Austria, esposa de Karl I.

cada una de las palabras que había pronunciado frente al que presidía el interrogatorio, recapitulaba cada pregunta que me habían hecho, cada respuesta que había dado, intentando considerar qué podrían haber asentado de ellas en el protocolo, a la vez que sabía que jamás podría calcularlo ni averiguarlo. Pero estos pensamientos, una vez puestos en marcha en el espacio vacío, no cesaban de darme vueltas en la cabeza, una y otra vez desde el principio, en combinaciones siempre diferentes, penetrando incluso en el sueño; cada vez que pasaba un interrogatorio de la Gestapo, mis propios pensamientos se hacían cargo, implacables, del martirio de las preguntas, las averiguaciones y los suplicios, tal vez hasta con una crueldad mayor, puesto que los interrogatorios al menos terminaban después de una hora, mientras que éstos no terminaban nunca, debido a la pérfida tortura de esta soledad. Y siempre a mi alrededor nada más que la mesa, el armario del lavamanos, la cama, el papel tapiz, la ventana; ninguna distracción, ningún libro, ningún periódico, ninguna cara ajena, ningún lápiz como para anotar nada, ninguna cerilla como para jugar con ella, nada, nada, nada. Sólo ahora noto cuán diabólicamente perspicaz, cuán psicológicamente homicida era la idea de este sistema de la habitación de hotel. En el campo de concentración había quizá que acarrear piedras, por lo que te sangraban las manos y los pies se te congelaban, y había que dormir con otros veinticinco, todos apretujados en el hedor y el frío. Pero en ese caso uno habría visto caras, habría tenido un campo, una carretilla, un árbol, una estrella, algo, cualquier cosa que poder mirar, mientras que aquí siempre había lo mismo alrededor, siempre lo mismo, la espantosa mismidad. Aquí no había nada que me pudiera distraer de mis pensamientos, de mis delirios, de mis recapitulaciones enfermizas. Y ésa era precisamente la intención, que yo rumiara y rumiara mis pensamientos hasta que éstos me asfixiaran y ya no tuviera más opción que escupirlos, que declarar, declarar todo lo que ellos querían, por fin entregarles la información y las personas. Poco a poco sentía cómo mis nervios se iban aflojando bajo la presión atroz de la nada y, consciente del peligro, los tensionaba hasta casi desgarrarlos para que se buscasen o se inventasen una distracción. A fin de mantenerme ocupado, intenté recitar y reconstruir todo lo que alguna vez había aprendido de memoria, los himnos y las rimas de la infancia, el Homero que me enseñaron en la escuela secundaria, los artículos del código civil. Luego intenté calcular, sumando y dividiendo números al azar, pero en el vacío mi memoria no tenía asidero. No podía concentrarme en nada. Siempre me atravesaba y vibraba en mi interior el mismo pensamiento: ¿qué saben? ¿Qué no saben? ¿Qué dije ayer, qué debo decir la próxima vez?

Este estado de cosas, en realidad imposible de describir, duró cuatro meses. Ahora bien, cuatro meses se escribe fácil: ¡no más que una docena de letras! Y se dice fácil: cuatro meses, cuatro sílabas. En un cuarto de segundo, los labios han articulado rápidamente un sonido como ése: ¡cuatro meses! Pero nadie puede narrar, mensurar, ilustrar, ni para otra persona, ni para sí mismo, cuánto dura el tiempo en el vacío atemporal, del mismo modo que a nadie se le puede explicar cómo eso te carcome y te destruye, esa nada y más nada y más nada alrededor de uno, siempre esa mesa y esa cama y ese lavamanos y ese papel tapiz, y siempre el silencio, siempre el mismo guardián, que introduce la comida sin mirarte, siempre los mismos pensamientos, girando en la nada alrededor de una sola cosa, hasta que te vuelves loco. Pequeños signos me hicieron percatarme, con inquietud, de que mi cerebro empezaba a descomponerse. Al principio, había conservado la claridad interna durante los interrogatorios, declarando con calma y reflexión; todavía funcionaba el doble pensamiento de qué debía decir y qué no. Ahora ya no podía más que articular entre balbuceos las frases más simples, pues mientras declaraba tenía la vista clavada en la pluma que corría protocolizando por el papel, como queriendo ir tras mis propias palabras. Sentí que mis fuerzas cejaban, sentí que cada vez se acercaba más el momento en el que, para salvarme, diría todo lo que sabía y tal vez más aún, el momento en el que, a fin de no quedar estrangulado por esta nada, traicionaría a doce personas con sus secretos, sin conseguir para mí más que un hálito de descanso. Una tarde, ese momento llegó: cuando el guardián me trajo la comida, justo me encontraba en plena asfixia, y de pronto le grité:

"—¡Lléveme al interrogatorio! ¡Voy a decirlo todo! ¡Quiero declararlo todo! Quiero decir dónde están los papeles, dónde está el dinero. ¡Todo voy a decir, todo!

"Afortunadamente, no me escuchó. Tal vez tampoco quería escucharme.

"En medio de esta penuria extrema, ocurrió algo imprevisto, que me ofreció la salvación, al menos por cierto tiempo. Era fines de julio, un día oscuro, encapotado, lluvioso: recuerdo estos detalles con tanta precisión porque la lluvia pegaba contra los cristales del pasillo por el que me llevaron al interrogatorio. Tuve que esperar en la antesala del cuarto. Siempre había que esperar antes de cada declaración: también esto de dejarte esperar era parte de la técnica. Primero te desgarraban los nervios con el llamado, sacándote de repente de la celda en medio de la noche y, luego, cuando ya estabas preparado para el interrogatorio, cuando ya habías predispuesto la inteligencia y la voluntad para resistir, te dejaban esperando y esperando sin sentido, sin ningún sentido, una hora, dos horas, tres horas antes de interrogarte, a fin de cansar el cuerpo y ablandar el alma. Y ese jueves 27 de julio me dejaron ahí un rato especialmente largo, dos horas de reloj esperando de pie en la antesala; recuerdo con tanta precisión la fecha por una razón específica y es que en esa antesala donde, por supuesto que sin poder sentarme, tuve que aguantar de pie dos horas, colgaba un calendario, y no puedo explicarle con qué hambre de letra impresa, de escritura, miré y miré ese número y esas pocas palabras en la pared, "27 de julio"; fue como si mi cerebro se las hubiera devorado. Y después volví a esperar y a esperar y a mirar fijamente la puerta, a ver cuándo al fin se abría, imaginando qué me podrían preguntar en esta vuelta los inquisidores, al tiempo que sabía que me preguntarían algo completamente diferente a aquello para lo que yo me hubiera preparado. Pese a todo, sin embargo, este tormento de la espera de pie era también un alivio, un placer, porque al menos esa habitación era diferente a la mía, un poco más grande y con dos ventanas en vez de una, y sin la cama y sin el lavamanos y sin una grieta en el alféizar, que ya había observado millones de veces. La puerta estaba pintada de otra manera, había otro sillón contra la pared y, a la izquierda, un archivero con actas, así como un perchero con ganchos, de los que colgaban tres o cuatro capotes militares mojados, los capotes de mis torturadores. Tenía, por tanto, algo nuevo, distinto, que contemplar, al fin por una vez algo diferente, con mis ojos famélicos, cuyas garras se aferraban a cada particularidad. Estudié cada pliegue de estos capotes, notando por ejemplo una gota que colgaba de uno de los cuellos mojados, y, por muy ridículo que pueda sonarle, estuve aguardando con una exaltación absurda a ver si la gota finalmente decidía derramarse a lo largo del pliegue o si resistía la fuerza de gravedad y quedaba adherida a su sitio más tiempo; sí, señor, miré y miré fijamente esa gota durante minutos, con el aliento contenido, como si de eso dependiera mi vida. Después, cuando finalmente rodó hacia abajo, volví a contar los botones de los capotes, ocho en una de las chaquetas, ocho en la otra, diez en la tercera, luego volví a comparar las solapas del cuello; mis ojos hambrientos palpaban, rondaban, abarcaban todas estas minucias ridículas e intrascendentes con un ansia que no estoy en condiciones de describir. Hasta que, de pronto, mi mirada quedó fija en una cosa. Había descubierto que el bolsillo lateral de uno de los capotes estaba un poco abultado. Me acerqué y creí reconocer, por la forma cuadrada de la protuberancia, lo que albergaba este bolsillo abultado: ¡un libro! Las rodillas empezaron a temblarme: ¡un LIBRO! Hacía cuatro meses que no había tenido un libro en la mano y había algo embriagador, a la vez que embotador, en la mera idea de un libro en el que poder ver palabras puestas una al lado de la otra, líneas, páginas y hojas, un libro en el que se pudieran leer, seguir y absorber con el cerebro pensamientos diferentes, nuevos y ajenos, con los que distraerse. Mis ojos observaban hipnotizados la pequeña curvatura que formaba aquel libro en el bolsillo, la vista ardientemente adherida a ese sitio insignificante, como queriendo abrir con fuego un agujero en el capote. Por fin, ya no pude refrenar mi ansia; involuntariamente, me fui acercando más y más. La sola idea de poder tocar un libro con las manos, aunque sólo fuera a través de una tela, me hacía arder los nervios de los dedos hasta las uñas. Por suerte, el guardián no le prestaba atención a mi forma sin duda extraña de comportarme; quizá le parecía de lo más natural que una persona quisiera recostarse un poco contra la pared tras dos horas de estar parada. Al final, quedé situado bien cerca del capote, con las manos puestas adrede a mis espaldas, de modo que pudieran tocarlo con disimulo. Palpé la tela y sentí a través de ella algo rectangular, flexible y que crujía ligeramente: ¡un libro! ¡Un libro! Y la idea me estremeció como un tiro: ¡róbate el libro! Quizá lo logres y puedas ocultarlo en la celda y después leer, leer, leer, ¡al fin volver a leer! La idea, una vez que entró en mí, actuó como un poderoso veneno; de pronto empezaron a zumbarme los oídos y el corazón a martillar, las manos se me congelaron y ya no me obedecían. Pero tras el primer embotamiento, me acerqué aún más al capote, en silencio y con astucia, siempre con las manos escondidas tras la espalda y, sin dejar de mirar al guardián, apreté el libro en el bolsillo por abajo, cosa de ir empujándolo hacia arriba y más arriba. Después sólo se trató de tomarlo, un tirón ligero y cuidadoso, y de repente tuve el libro en la mano, que era pequeño, de no muchas páginas. Sólo entonces me asusté de lo que había hecho. Pero ya no había vuelta atrás. Ahora bien, ¿dónde meterlo? Deslicé el volumen a mis espaldas debajo de los pantalones, en el lugar donde sostenía el cinturón y, desde allí, poco a poco, hacia la cadera, de modo que la mano pudiera mantenerlo aferrado, al estilo militar, contra la costura del pantalón. Faltaba hacer una primera prueba caminando. Me retiré del perchero, un paso, dos pasos, tres pasos. Funcionó. Era posible aferrar el libro al caminar, siempre que mantuviera la mano firme contra el cinturón.

"Luego llegó el interrogatorio. Me exigió más esfuerzo que nunca, porque en el fondo concentraba toda mi energía, mientras contestaba, no en mis declaraciones, sino ante todo en sostener el libro sin que se notara. Afortunadamente, esta vez el interrogatorio fue corto y me llevé el libro sano y salvo a mi habitación. No quiero demorarlo con todos los detalles, porque en un momento se resbaló peligrosamente a lo largo de los pantalones en medio del pasillo y tuve que simular un fuerte ataque de tos para agacharme y volver a colocarlo bajo el cinto. ¡Pero qué momento, en cambio, cuando volví con él a mi infierno, al fin solo y a la vez nunca más solo!

"Usted sospechará que enseguida agarré el libro, lo miré y lo leí. ¡De ningún modo! Primero quería paladear el placer previo de tener un libro conmigo, el placer artificialmente dilatado y maravillosamente estimulante para mis nervios de soñar el tipo de libro que hubiera preferido que fuera éste que me había robado: de letra muy apretada, sobre todo, que contuviera muchísimos caracteres en muchísimas hojas bien delgadas, a fin de tener más para leer. Y después deseé que fuera una obra que me hiciera aguzar el ingenio, nada trivial ni ligero, sino algo que se pudiera estudiar, aprender de memoria, poemas y, en el mejor de los casos (¡qué sueño más osado!), Goethe u Homero. Al final, ya no pude contener mis ansias, mi curiosidad. Echado en la cama, de modo que el guardia, si de pronto abría la puerta, no pudiera descubrirme, extraje temblando el volumen de debajo del cinto.

"El primer vistazo me produjo decepción, a la vez que una especie de agrio enojo: ese libro que había capturado poniéndome en tanto peligro y que me había reservado mirar con tan ardorosa expectativa no era otra cosa que un manual de ajedrez, una antología de ciento cincuenta partidas magistrales. Si no hubiera estado encerrado bajo llave, la primera reacción en mi furia habría sido arrojar el libro por la ventana abierta, porque ¿qué debía hacer, qué podía hacer yo con ese sinsentido? De muchacho, en la escuela secundaria, había distraído de vez en cuando el tedio frente a un tablero de ajedrez, al igual que la mayoría de mis compañeros. Pero ¿qué me importaba esta cosa teórica? No se puede jugar al ajedrez sin un compañero, mucho menos sin piezas ni tablero. De mala gana hojeé las páginas, a ver si descubría alguna cosa que se pudiera leer, un prefacio, algunas instrucciones, pero no encontré nada fuera de simples diagramas cuadrados de cada una de las partidas magistrales y, debajo, unos signos que al principio me resultaron incomprensibles, a1-a2, C f1-g3, etcétera. Me parecía una suerte de álgebra para la que no encontraba la clave. Sólo de modo paulatino fui descifrando que las letras —a, b, c— eran las filas horizontales, las cifras —de 1 a 8— correspondían a las columnas transversales y que, juntas, determinaban la posición actual de cada una de las figuras; con eso, los diagramas puramente gráficos adquirieron al menos un lenguaje. Pensé que tal vez podía armarme en mi celda una especie de tablero de ajedrez para luego intentar reconstruir estas partidas; me pareció como un guiño del cielo que mi sábana tuviera por casualidad un patrón bastante cuadriculado. Plegada de la manera correcta, se la podía disponer de tal modo que al final se reunieran sesenta y cuatro casillas. Escondí el libro bajo el colchón y arranqué la primera página. Con pequeñas migas de pan que fui conservando, pasé luego a moldear las figuras de ajedrez, el rey, la reina y demás, por supuesto que de un modo ridículamente imperfecto; tras un esfuerzo infinito, estuve al fin en condiciones de reconstruir sobre la sábana cuadriculada las posiciones retratadas en el libro. Pero cuando intenté jugar toda la partida, fracasé por completo con mis risibles trebejos de miga, de los que había oscurecido la mitad con polvo para distinguirlos entre sí. Los primeros días, los confundía constantemente; cinco, diez, veinte veces tuve que empezar esa partida de nuevo desde el principio. Pero ¿quién en toda la tierra disponía de más tiempo inutilizado e inutilizable que yo, el esclavo de la nada? ¿Quién tenía a mano un ansia y una paciencia igual de inconmensurables? Después de seis días, ya jugaba la partida sin errores hasta el final, a la otra semana ni necesité las migas sobre la sábana para figurarme las posiciones del libro y, después de una tercera semana, hasta pude prescindir de la sábana cuadriculada; los signos del libro, que al principio me habían parecido abstractos —a1, a2, c7, c8—, pasaban automáticamente a transformarse en mi cerebro en posiciones visuales, plásticas. La conversión funcionó por completo: había logrado interiorizar el tablero con sus figuras y también abarcaba, gracias a las meras fórmulas, las sucesivas posiciones, del mismo modo que al músico experimentado le basta un vistazo a una partitura para oír todas las voces y su armonía. Dos semanas más y ya estaba en condiciones de jugar sin esfuerzo cada partida del libro de memoria o, como se dice en el idioma técnico: a ciegas. Sólo entonces empecé a entender el infinito beneficio que había obtenido de mi robo descarado. Porque de pronto tenía yo una actividad, una sin sentido, estéril, si usted quiere, pero, así y todo, una actividad que destruía la nada que me rodeaba; con las ciento cincuenta partidas de torneo poseía yo un arma maravillosa contra la oprimente monotonía espacio-temporal. A fin de conservar sin merma el atractivo de la nueva ocupación, pasé a dividir mis días de manera bien precisa: dos partidas por la mañana, dos partidas por la tarde y, antes de dormir, una rápida recapitulación. De este modo, mis días, que hasta entonces se habían dilatado de manera informe como una gelatina, pasaron a estar llenos de una ocupación que además no me cansaba, puesto que el ajedrez posee la ventaja maravillosa de que el cerebro, merced al conjuro de las energías mentales sobre un campo limitado, no se adormece ni aun explotando al máximo su rendimiento, sino que más bien ve agudizadas su agilidad y elasticidad. Poco a poco fue despertando en mí, junto a la mera reconstrucción mecánica inicial de las partidas magistrales, una comprensión artística y regocijante. Aprendí a comprender las sutilezas, las astucias y las agudezas de ataque y defensa, entendí las técnicas de anticipación, la combinación, el contraataque y, muy pronto, reconocí la nota personal de cada maestro en su desempeño individual, de manera tan infalible como se confirma al poeta a partir de unos pocos versos; lo que se había iniciado como una ocupación sólo para llenar el tiempo se convirtió en gozo y las figuras de los grandes estrategas del ajedrez, como Alekhine, Lasker, Bogoliúbov y Tartakower, se me presentaron como queridos camaradas en mi soledad. Una diversidad sin fin poblaba a diario la celda muda y fue precisamente la regularidad de mis ejercicios lo que le devolvió a mi capacidad mental la seguridad ya vapuleada; sentía mi cerebro refrescado y, por efecto de la constante disciplina mental, hasta reluciente, por así decirlo. Que pensaba con mayor claridad y concentración se demostró sobre todo en los interrogatorios; de modo inconsciente, me había perfeccionado con el tablero de ajedrez en la defensa contra amenazas falsas y jugadas ocultas; a partir de ese momento, ya no mostré flaquezas durante las interpelaciones y hasta me parece que empecé lentamente a ganarme un cierto respeto por parte de los de la Gestapo. Tal vez se preguntaban en silencio, ya que veían quebrarse a todos los otros, de qué fuentes secretas sólo yo extraía la fuerza para una resistencia tan inconmovible.

"Este periodo de felicidad, reconstruyendo día a día las ciento cincuenta partidas de aquel libro, duró de dos y medio a tres meses. Después caí imprevistamente en un punto muerto. De pronto me vi otra vez frente a la nada. No bien terminé de jugarlas veinte o treinta veces, las partidas perdieron la novedad y la sorpresa; su fuerza, antes tan emocionante y estimulante, se había agotado. ¿Qué sentido tenía repetir una y otra vez partidas que hacía tiempo sabía de memoria, jugada por jugada? No bien hacía la apertura, su desarrollo se desplegaba de manera poco menos que automática, ya no había ninguna sorpresa, ninguna tensión, ningún problema. A fin de mantenerme ocupado, de conseguir el empeño y la distracción que ya se me habían vuelto imprescindibles, hubiera necesitado otro libro con otras partidas. Conseguirlo era imposible, de modo que había sólo un camino en este peculiar derrotero: inventarme nuevas partidas que reemplazaran las viejas. Debía intentar jugar conmigo mismo o, mejor, contra mí mismo.

"No sé hasta qué punto ha pensado usted sobre la situación mental que se da en este juego de juegos. Pero ya la reflexión más efímera debería bastar para dejar de manifiesto que en el ajedrez, como un puro juego de la mente, ajeno a cualquier azar, constituye un absurdo lógico querer jugar contra uno mismo. El atractivo de fondo del ajedrez radica en que su estrategia se desarrolla de manera diferente en dos cerebros distintos, que en esta guerra cerebral las negras no conocen las maniobras respectivas de las blancas y todo el tiempo intentan adivinarlas y desbaratarlas, mientras que las blancas luchan por sobrepasar y detener las intenciones ocultas de las negras. Si las negras y las blancas forman una única persona, se produce la circunstancia irracional de que un solo cerebro debe saber y al mismo tiempo no saber algo, que como jugador blanco pueda olvidar a voluntad lo que un minuto antes ha querido y se ha propuesto en tanto jugador negro. Un pensamiento desdoblado como éste requiere como precondición una escisión total de la consciencia, una capacidad para encender o apagar deliberadamente la función cerebral como si fuera un mecanismo; por lo tanto, querer jugar contra uno mismo constituye en ajedrez una paradoja similar a querer saltar sobre la propia sombra.

"Pues bien, para resumir, fue esta imposibilidad, este absurdo, lo que intenté en mi desesperación durante meses. Pero no tenía más opción que esta insensatez, para no caer en la pura locura o en un absoluto marasmo mental. Mi horrible situación me obligaba a por lo menos intentar esta escisión entre un yo negro y un yo blanco, a fin de no sucumbir sofocado por la nada aterradora que me rodeaba.

El Dr. B. se reclinó sobre el respaldo de la tumbona y cerró los ojos durante un minuto. Parecía estar queriendo reprimir a la fuerza un recuerdo perturbador. De nuevo le recorrió la comisura izquierda de la boca la curiosa contracción que no sabía dominar. Después, se irguió un poco más alto en su silla.

—Bien, hasta este punto espero haberle explicado todo de manera bastante entendible. Lamentablemente no estoy para nada seguro de poder ilustrarle lo que sigue con similar claridad. Porque esta nueva ocupación exigía un esfuerzo tan incondicional del cerebro que tornaba imposible cualquier autocontrol simultáneo. Ya le he insinuado que, en mi opinión, es un sinsentido querer jugar al ajedrez contra uno mismo; pero incluso este absurdo habría tenido una oportunidad mínima con un tablero real delante, porque con su realidad el tablero permite al menos una cierta distancia, una exterritorialización material. Ante un verdadero tablero de ajedrez con figuras verdaderas es posible interpolar pausas de reflexión, puede uno ponerse físicamente de un lado o del otro de la mesa y así observar la situación alternando entre el punto de vista de las negras y el de las blancas. Pero forzado, como estaba yo, a proyectar en un espacio imaginario estas batallas contra mí mismo o, si usted quiere, conmigo mismo, no tenía más opción que retener con nitidez en mi consciencia la constelación actual sobre los sesenta y cuatro escaques, y no sólo la de ese momento, sino además ya ir calculando también los posibles próximos movimientos de ambos jugadores, es decir (ya sé cuán absurdo suena todo esto), imaginando esas constelaciones por dos o por tres, no, por seis, por ocho, por doce, para cada uno de mis yoes, tanto para negras como para blancas, siempre cuatro o cinco jugadas por adelantado. Durante este juego en el espacio abstracto de la fantasía, y disculpe usted que le exija meditar sobre esta demencia, yo debía calcular cuatro o cinco jugadas por adelantado como jugador de las blancas y lo mismo como jugador de las negras, o sea, combinar de antemano todas las situaciones que se presentaran durante el desarrollo de la partida con dos cerebros, el cerebro blanco y el cerebro negro. Pero aun esta partición interna no era lo más peligroso en mi abstruso experimento, sino que forjar partidas por mí mismo me hizo perder de pronto el suelo bajo mis pies y caer en un abismo sin fondo. La mera reconstrucción de partidas magistrales, tal como había ejercitado las semanas anteriores, no había sido, a fin de cuentas, más que una tarea reductiva, una pura recapitulación de una materia ya dada que, como tal, no requería más esfuerzo que si hubiera aprendido de memoria poemas o artículos de una ley, se trataba de un quehacer restringido, disciplinado y, por ende, una excelente gimnasia mental. Las dos partidas que ensayaba a la mañana y las dos de la tarde representaban una cuota determinada de trabajo, que yo cumplía sin agitarme en lo más mínimo; reemplazaban para mí una ocupación normal, además de que seguía teniendo el libro como apoyo, si me perdía durante el desarrollo de una partida o no sabía cómo seguir. Sólo por eso aquella actividad fue tan terapéutica y sedante para mis nervios trastornados, ya que reconstruir partidas ajenas no me ponía en juego a mí; me resultaba indiferente que ganaran las negras o las blancas, en última instancia eran Alhekine y Bogoliúbov los que luchaban por la corona del campeón, y mi propia persona, mi raciocinio, mi alma disfrutaban sólo como espectadores, como conocedores, de las peripecias y bellezas de aquellas partidas. Desde el momento en que intenté jugar contra mí mismo, empecé inconscientemente a desafiarme. Cada uno de mis yoes, mi yo negro y mi yo blanco, debían competir entre sí y caían, cada cual por su lado, en la ambición y la impaciencia por ser mejores, por salir victoriosos; mi yo negro esperaba febrilmente después de cada jugada a ver qué haría mi yo blanco. Cada uno de mis yoes triunfaba cuando el otro cometía un error, a la vez que se amargaba simultáneamente por su propio desatino.

"Todo esto parece un sinsentido y, en efecto, una esquizofrenia así de artificial, semejante escisión de la consciencia, con su inyección de efervescencia peligrosa, habría resultado impensable en una persona normal en condiciones normales. Pero no olvide que a mí me habían arrancado violentamente de todo tipo de normalidad y era un prisionero, encarcelado sin culpa, martirizado refinadamente hacía meses con su soledad, una persona que hacía tiempo quería descargar la rabia acumulada contra alguna cosa. Y como no tenía otra que este juego insensato contra mí mismo, mi rabia, mi sed de venganza se introdujo con todo fanatismo en este juego. Algo en mí quería tener razón, y sólo tenía ese otro yo en mí contra el que poder luchar, de modo que durante el juego me iba cebando hasta alcanzar una excitación casi maníaca. Al principio pensaba con calma y circunspección, haciendo pausas entre una partida y la siguiente, a fin de recuperarme de la tensión; pero, poco a poco, mis nervios crispados ya no me permitieron ninguna espera más. No bien mi yo blanco hacía una jugada, mi yo negro avanzaba febrilmente; no bien terminaba una partida, ya me estaba desafiando a la próxima, pues en cada ocasión uno de mis dos yoes ajedrecísticos había sido vencido por el otro y exigía revancha. Nunca podré decir ni de forma aproximada cuántas partidas contra mí mismo me hizo jugar en mi celda durante los últimos meses esta insaciabilidad ridícula; tal vez mil, tal vez más. Era una obsesión de la que no podía sustraerme; desde temprano y hasta la noche no pensaba en otra cosa que no fueran alfiles y peones y torre y rey y a y b y c y jaque y enroque, me volqué sobre el cuadrado a cuadros con todo mi ser y con todo mi sentir. La alegría de jugar se transformó en deseo de jugar y el deseo en una compulsión, una manía, una rabia frenética que permeaba no sólo mis horas de vigilia, sino paulatinamente también mi sueño. Sólo podía pensar en ajedrez, en movimientos de ajedrez, en problemas de ajedrez; a veces me levantaba con la frente húmeda y me daba cuenta de que debía de haber seguido jugando inconscientemente en mis sueños, y cuando soñaba con gente, ésta se movía como el alfil o la torre, o con los saltos hacia delante y hacia atrás del caballo. Incluso cuando me convocaban a un interrogatorio, ya no podía pensar de manera concisa en mi responsabilidad; tengo la sensación de que en las últimas interpelaciones me debo de haber expresado de manera muy confusa, porque a veces los interrogadores se miraban extrañados entre sí. Mientras me hacían preguntas y se consultaban entre ellos, yo sólo esperaba en mi lamentable ansia a que me volvieran a llevar a mi celda, a fin de continuar con mi juego, mi desquiciado juego, una nueva partida y otra y otra más. Cualquier interrupción se me volvía una molestia; incluso el cuarto de hora en que el guardián ordenaba la celda, o los dos minutos que se tomaba para alcanzarme la comida, atormentaban mi impaciencia afiebrada; a veces llegaba la noche y la escudilla con la cena seguía intacta, por culpa del juego me había olvidado de comer. Mi única sensación física era una sed tremenda; debe de haber sido la fiebre de pensar y jugar de manera constante; vaciaba la botella de dos tragos, importunaba al guardián para que me trajera más y, sin embargo, al instante siguiente ya sentía la lengua de nuevo seca en la boca. Al final, mi excitación se acrecentó a tal punto durante el juego (y no hacía otra cosa desde la mañana hasta la noche) que ya no podía estar ni un segundo sentado; caminaba ininterrumpidamente de un lado al otro, mientras pensaba las partidas, cada vez más rápido, más rápido, más rápido, de un lado al otro, de un lado al otro, de un lado al otro, y cada vez más acalorado, cuanto más se acercaba la conclusión de la partida; el ansia de ganar, de triunfar, de vencerme a mí mismo, se fue convirtiendo poco a poco en una suerte de furia, temblaba de impaciencia, porque a uno de los yoes ajedrecistas que tenía dentro de mí el otro siempre le resultaba demasiado lento. Uno aguijoneaba al otro; por muy ridículo que pueda parecer, cuando uno de mis yoes no respondía al otro con la suficiente celeridad, yo empezaba a imprecarme: '¡Más rápido, más rápido!', o '¡Para adelante, para adelante!'. Por supuesto que hoy tengo claro que ese estado ya era una forma patológica de sobreestimulación mental, para la que no encuentro ningún otro nombre que uno desconocido hasta ahora en la medicina: intoxicación por ajedrez. Finalmente, esta obsesión monomaníaca empezó a atacarme no sólo mi cerebro, sino también mi cuerpo. Enflaquecí, dormía intranquilo y perturbado, al despertarme necesitaba cada vez un esfuerzo especial para obligarme a abrir los párpados de plomo; a veces me sentía tan débil que a duras penas lograba llevarme el vaso con agua a los labios, a tal punto me temblaban las manos; pero no bien empezaba el juego, me invadía una energía salvaje: caminaba de un lado al otro, de un lado al otro con los puños apretados y a veces oía mi propia voz, como a través de una niebla roja, gritándose a sí misma, ronca y enojada: '¡Jaque!' o '¡Mate!'.

"Ni yo mismo sé decirle cómo este estado espantoso e indescriptible terminó en una crisis. Todo lo que sé al respecto es que me desperté una mañana y fue un despertar diferente a los demás. Mi cuerpo estaba como desligado de mí, yacía relajado y cómodo. Un cansancio denso y bueno, como no sentía desde hacía meses, pesaba sobre mis párpados, pesaba tan cálido y benéfico que al principio no pude decidirme a abrir los ojos. Durante minutos me quedé recostado y despierto, disfrutando de este pesado sopor, este tibio yacer con los sentidos gozosamente embotados. De pronto sentí voces detrás de mí, animadas voces humanas, susurrantes voces pronunciando palabras bajito, y usted no se hace una idea de mi embeleso, porque hacía meses, hacía casi un año que no había oído otras voces que las duras, cortantes y malvadas voces del banco del jurado. 'Sueñas', me dije. '¡Estás soñando! ¡De ningún modo abras los ojos! Deja que dure este sueño, de lo contrario vas a ver de nuevo la maldita celda a tu alrededor, la silla y el lavamanos y la mesa y el papel tapiz con el dibujo eternamente igual a sí mismo. Sueñas, ¡sigue soñando!'

"Pero la curiosidad pudo más. Abrí los párpados despacio y con cuidado. Y, milagro: la habitación en la que me hallaba era otra, una habitación más ancha y espaciosa que mi celda del hotel. Una ventana sin rejas dejaba entrar la luz libremente y al otro lado se veían árboles, verdes árboles mecidos por el viento en lugar del rígido muro; las paredes brillaban blancas y lisas, blanco y alto se alzaba sobre mí el techo; de veras, estaba acostado sobre una cama nueva, extraña y, en efecto, no era ningún sueño, detrás de mí susurraban en voz baja unas voces humanas.

Debido a la sorpresa debí de haberme agitado mucho de manera involuntaria, porque enseguida oí detrás de mí pasos acercándose. Una mujer se aproximó ligera, una mujer con cofia blanca sobre el pelo, una asistente, una enfermera. Me recorrió un estremecimiento de alegría: hacía un año que no veía a ninguna mujer. Clavé los ojos en la dulce aparición y debí de haber alzado una mirada descontrolada, extática, porque la que se acercaba me aplacó con un apremiante: '¡Tranquilo! ¡Quédese tranquilo!'. Pero yo sólo oía su voz: ¿no era un ser humano el que hablaba? ¿Realmente seguía habiendo seres humanos sobre la tierra que no me interrogaran ni me torturasen? Y además (¡milagro inconcebible!) una voz de mujer, suave, cálida, casi tierna. Ansioso le observé la boca, porque en ese año infernal se me había vuelto improbable que una persona pudiera hablarle a otra de manera afectuosa. Me sonrió (sí, sonreía, había aún personas que podían sonreír afablemente), luego se llevó un dedo admonitorio a los labios y siguió su camino en silencio. Pero yo no pude acatar su orden. Todavía no me había saciado de ver el milagro. Intenté incorporarme en la cama con todas mis fuerzas, a fin de seguirla con la mirada, a fin de seguir con la mirada el milagro de un ser humano benévolo. Pero cuando quise alzarme apoyándome en la orilla de la cama, no pude. Donde antes habían estado mi mano derecha, mis dedos y mi muñeca, sentí algo extraño, un bulto gordo, grande, blanco, a todas luces un vendaje de grandes proporciones. Primero me quedé pasmado ante esta cosa blanca, gorda y extraña en mi mano, después empecé poco a poco a entender dónde me hallaba y a preguntarme qué podría haberme sucedido.

Me debían haber herido, o yo mismo me había lastimado la mano. Me encontraba en un hospital.

"Al mediodía llegó el médico, un señor mayor y amable. Conocía el apellido de mi familia y mencionó con tal respeto a mi tío, el médico personal del emperador, que enseguida me invadió la sensación de que sus intenciones para conmigo eran buenas. En el transcurso de nuestra entrevista me dirigió todo tipo de preguntas, pero una que me sorprendió: si yo era matemático o químico. Lo negué.

"—Raro —opinó—. En sueños estuvo gritando todo el tiempo fórmulas extrañas: c3, c4. Ninguno aquí lo entendía.

"Pregunté qué me había sucedido. Me sonrió de manera curiosa.

"—Nada grave. Una irritación aguda de los nervios —y agregó, después de mirar con cuidado a su alrededor—: Una muy entendible, a fin de cuentas. Desde el 13 de marzo, ¿verdad?

"Asentí.

"—No sorprende, con este método —murmuró—. No es usted el primero. Pero no se preocupe.

"Por el modo en que me susurró esto en tono tranquilizador, y gracias a su mirada apaciguadora, supe que con él estaba en buenas manos.

"Dos días más tarde, el buen médico me explicó, con bastante franqueza, lo que había sucedido. El guardián me había oído gritar fuerte en mi celda y había creído, en un principio, que alguien había entrado en ella y se estaba peleando conmigo. Pero no bien se había asomado a la puerta, yo me había abalanzado sobre él y me había puesto a dar unos alaridos salvajes que sonaban algo así como: '¡Juega de una vez, desgraciado, cobarde!'. Luego había intentado agarrarlo del cogote y al final lo había atacado con tal brutalidad que el guardián había tenido que pedir ayuda. Cuando me trasladaron en este estado rabioso a que me examinara un médico, me había soltado de repente y me había lanzado sobre la ventana del pasillo, había roto el cristal y al hacerlo me había cortado la mano. Puede ver aún la cicatriz profunda aquí. Pasé las primeras noches en el hospital en una especie de fiebre mental, pero ahora el médico encontraba mi sistema sensorial totalmente despejado.

”—Claro que preferiría no anunciarles esto a los señores —añadió en voz baja—. Si no, se lo acabarán llevando de nuevo al mismo sitio. Confíe en mí, haré todo lo que pueda.

”Desconozco qué es lo que mi caritativo médico les informó a mis torturadores. En cualquier caso, logró lo que quería: mi liberación. Puede ser que me haya declarado enajenado mental, o tal vez entretanto yo había perdido toda relevancia para la Gestapo, porque para entonces Hitler había ocupado Bohemia, con lo que el caso Austria quedaba cerrado para él. De modo que sólo necesité firmar mi compromiso de abandonar nuestra patria en dos semanas, tan llenas de las mil formalidades que precisa hoy en día para irse el que alguna vez fue un ciudadano del mundo (papeles militares, policía, impuestos, pasaporte, visa, certificado médico) que no tuve tiempo de meditar mucho sobre lo pasado. Al parecer, en nuestro cerebro operan misteriosas fuerzas reguladoras que desconectan de manera automática lo que puede ser molesto y peligroso para el alma, porque cada vez que he querido regresar al tiempo que pasé en mi celda era como que la luz se apagaba en mi cerebro; sólo después de semanas y semanas, en rigor sólo aquí en el barco, volví a encontrar el coraje para traer a la memoria lo que me ha pasado.

"Ahora entenderá usted por qué me comporté de manera tan indebida y es probable que incomprensible frente a sus amigos. Vagaba de pura casualidad por el salón de fumadores cuando vi a sus amigos sentados frente al tablero de ajedrez; los pies se me clavaron involuntariamente en el lugar, por la sorpresa y el horror. Porque me había olvidado por completo de que se podía jugar al ajedrez en un tablero real con trebejos reales, había olvidado que en ese juego dos personas diferentes de carne y hueso se sientan una frente a la otra. De veras que tuve que tomarme unos minutos para entender que eso que jugaban allí esos jugadores en el fondo era el mismo juego que yo, en mi desesperación, había intentado practicar durante meses contra mí mismo. Las cifras de las que me había valido durante mis ejercicios furibundos sólo habían sido un sustituto y un símbolo de esas figuras de marfil; mi sorpresa al ver que los movimientos de esas piezas sobre el tablero eran los mismos que los de mi imaginación en el espacio de mi mente se parece tal vez a la de un astrónomo que ha calculado sobre el papel, con métodos complejos, la existencia de un nuevo planeta, que después observa realmente en el cielo, en forma de estrella blanca, pequeña, sustancial. Como atrapado por una fuerza magnética me quedé mirando el tablero y viendo allí mis diagramas: caballo, torre, rey, reina y peones como figuras reales, talladas en madera; a fin de entender la posición en que se hallaba la partida, tuve que retrotraerla primero involuntariamente desde mi mundo de guarismos abstractos al de las piezas en movimiento. Poco a poco me ganó la curiosidad por observar una partida real entre dos jugadores. Y ahí ocurrió lo vergonzoso: olvidando toda amabilidad, me inmiscuí en su partida. Pero es que ese movimiento equivocado de su amigo fue como una punzada en el corazón. Haberle impedido que lo hiciera fue una reacción del instinto, una intervención impulsiva, sin pensarlo, casi como la de agarrar a un niño que se inclina sobre una baranda. Sólo más tarde tomé consciencia de la grosera impertinencia en la que había incurrido con mi precipitación.

Me apresuré a asegurarle al Dr. B. lo mucho que nos alegraba haberlo conocido gracias a esta casualidad y que, después de todo lo que me había confiado, para mí sería el doble de interesante verlo jugar al día siguiente en el improvisado torneo. Pero el Dr. B. hizo un movimiento inquieto.

—No, realmente no espere mucho. No será más que una prueba para mí... la prueba de si... de si estoy capacitado para jugar una partida normal de ajedrez, una partida sobre un tablero real con figuras reales y un contrincante vivo... porque cada vez dudo más de si esos cientos o miles de partidas que jugué efectivamente eran partidas de ajedrez según sus reglas o una suerte de ajedrez onírico, un ajedrez febril, un juego febril en el que, como ocurre siempre en los sueños, se saltan algunos escalones intermedios. Espero que no guarde expectativas serias de que yo me crea en condiciones de hacerle frente a un campeón de ajedrez, el número uno del mundo, de hecho. Lo que me interesa e intriga es únicamente la curiosidad póstuma de

corroborar si lo de la celda de aquel entonces era aún ajedrez o ya locura, si me encontraba yo poco antes o ya más
allá del despeñadero; sólo eso, nada más.

En ese momento resonó desde la otra punta del barco el gong que llamaba a cenar. Debimos de haber estado
charlando como dos horas (el Dr. B. me refirió todo de manera mucho más detallada de lo que lo he resumido aquí).
Le agradecí cordialmente y me despedí. Pero aún no había
cruzado toda la cubierta que ya me alcanzaba otra vez y
agregaba con visible nerviosismo y hasta tartamudeando
un poco:

—¡Una cosa más! Por favor dígaselo a los caballeros de
antemano, de modo de no parecer descortés luego: sólo
voy a jugar una única partida... No debe ser más que la
línea final de una vieja cuenta pendiente: una conclusión
definitiva y no un nuevo comienzo... No quisiera caer una
segunda vez en esta apasionada fiebre del juego, que sólo
puedo recordar con espanto... y, por cierto... por cierto que
el médico me lo advirtió en aquel entonces... me lo advirtió
expresamente. Cualquiera que haya caído en una manía,
queda para siempre en riesgo, y si se ha sufrido una intoxicación de ajedrez, aun cuando uno esté curado, es mejor
no acercarse a un tablero... De modo que, usted entenderá:
sólo una partida para probarme a mí mismo y nada más.

Puntualmente a la hora acordada, tres de la tarde del día
siguiente, nos reunimos en el salón de fumadores. Nuestro
círculo se había acrecentado con dos amantes adicionales
del ajedrez, dos oficiales de a bordo que habían solicitado
licencia para poder asistir al torneo. Tampoco Czentovic se
hizo esperar, como en los días anteriores, y tras el obligado

sorteo de los colores empezó la memorable partida de este *Homo obscurissimus* contra el célebre campeón. Me da pena que se haya jugado sólo para nosotros, espectadores incompetentes, y que su desarrollo se haya perdido para los anales de la ciencia del ajedrez, como se perdieron para la música las improvisaciones en piano de Beethoven. En las tardes subsiguientes intentamos reconstruir el *match* a partir de nuestra memoria conjunta, pero en vano; probablemente todos estuvimos observando con demasiada efusión, con demasiado interés a ambos jugadores en lugar de concentrarnos en el avance del juego. Porque el contraste mental en la actitud de ambos contrincantes se fue haciendo corporalmente gráfico a lo largo de la partida. Czentovic, el jugador rutinario, permaneció durante todo el tiempo inmóvil como un bloque, los ojos inclinados con severidad y rigidez en el tablero; pensar parecía ser en él un esfuerzo físico que exigía la máxima concentración de todos sus órganos. El Dr. B., en cambio, se movía de manera relajada y natural. Como auténtico diletante, en el sentido más bello de la palabra, por ser el que en el juego sólo encuentra el deleite —el *diletto*—, mantenía su cuerpo en completa relajación, charlaba con nosotros explicándonos las jugadas durante las primeras pausas, se encendía con mano ligera un cigarrillo y miraba apenas un minuto el tablero, cuando era su turno. En todas las ocasiones daba la impresión de haber esperado la jugada del adversario de antemano.

Los movimientos obligados de apertura se sucedieron con bastante rapidez. Sólo a la séptima u octava jugada pareció desplegarse algo así como un plan determinado.

Czentovic extendió sus pausas de meditación; en eso percibimos que había empezado la verdadera lucha por la preeminencia. Pero para hacer justicia a la verdad, el paulatino desarrollo de la situación, como en toda auténtica partida de torneo, resultó para nosotros, los legos, bastante decepcionante. Porque cuanto más se enredaban entre sí las figuras, formando un decorado peculiar, más inescrutable se tornaba el estado de cosas verdadero. No podíamos divisar lo que se proponían ni un adversario ni el otro, ni cuál de los dos llevaba en el fondo la delantera. Sólo notábamos que algunas figuras individuales se desplazaban como en cuña, a fin de romper el frente enemigo, pero no lográbamos aprehender el objetivo estratégico de este ida y vuelta, debido a que con estos jugadores de nivel superior cada movimiento siempre se combina con varios más pensados anticipadamente. A eso se sumó un paulatino cansancio embotador, debido sobre todo a las infinitas pausas de reflexión de Czentovic, que también desconcertaban de manera visible a nuestro amigo. Observé con inquietud cómo empezaba a removerse intranquilo en su silla cuanto más se extendía la partida, ya fuera para encenderse un cigarrillo tras otro por el nerviosismo, ya fuera para tomar el lápiz y anotar alguna cosa. Después volvía a pedir una botella de agua mineral, que vaciaba presuroso vaso tras vaso; era evidente que pensaba cien veces más rápido que Czentovic. Cada vez que éste, tras un periodo infinito de reflexión, decidía adelantar una figura con mano tosca, nuestro amigo se limitaba a sonreír, como alguien que ve cumplirse algo que espera hace tiempo, y contestaba de inmediato. Gracias a la celeridad con que trabajaba su entendimiento, debía calcular de antemano todas las posibilidades del adversario; cuanto más demoraba Czentovic en resolverse, tanto más crecía la impaciencia del Dr. B., y durante la espera se formaba alrededor de sus labios una tirantez enojosa, casi hostil. Pero Czentovic no se dejaba apremiar bajo ningún concepto. Pensaba, hosco y mudo, haciendo pausas cada vez más largas cuantas menos figuras iban quedando en el campo de juego. En la jugada cuarenta y dos, después de dos horas y cuarenta y cinco minutos de partida, todos alrededor de la mesa estábamos cansados y casi indiferentes. Uno de los oficiales de a bordo ya se había alejado, otro se había puesto a leer un libro y sólo levantaba la vista por un instante cuando había un cambio. Fue entonces que, durante una jugada de Czentovic, ocurrió lo inesperado. No bien el Dr. B. notó que Czentovic tocaba el caballo con la intención de adelantarlo, se agazapó como un gato antes de dar un salto. Todo su cuerpo empezó a temblar y, cuando Czentovic terminó de mover la pieza, adelantó la dama enérgicamente y exclamó en voz alta y triunfante:

—¡Listo! ¡Acabado!

Se inclinó hacia atrás, cruzó los brazos sobre el pecho y se quedó mirando a Czentovic con ojos desafiantes. En sus pupilas se encendió de pronto una luz ardiente.

Sin proponérnoslo, nos inclinamos sobre el tablero, a fin de entender la jugada anunciada de manera tan triunfal. A primera vista no se percibía ninguna amenaza directa. La exclamación de nuestro amigo debía de referirse por lo tanto a un desarrollo que nosotros, diletantes con poca capacidad de anticipación, aún no podíamos calcular. Czentovic fue el único entre nosotros que no se había inmutado tras aquella advertencia provocadora; seguía tan imperturbable como si no hubiera oído el ofensivo "¡Acabado!". No pasó nada. Como todos habíamos contenido involuntariamente la respiración, se pudo oír de pronto el tic-tac del reloj que se había colocado sobre la mesa para controlar el tiempo de cada jugada. Pasaron tres minutos, siete minutos, ocho minutos: Czentovic seguía inmóvil, pero a mí me pareció que la tensión interior le hacía dilatar aún más las ya gruesas aletas de su nariz. A nuestro amigo, esta espera muda parecía resultarle tan insoportable como a nosotros. De golpe se puso de pie y empezó a caminar de un lado al otro del salón, primero despacio, después cada vez más rápido. Todos lo mirábamos algo asombrados, pero ninguno con mayor inquietud que yo, porque me percaté de que sus pasos, pese a toda vehemencia, siempre abarcaban en su ir y venir la misma porción de espacio; era como si chocara una y otra vez con una barrera invisible en medio del salón vacío, que lo obligaba a dar la vuelta. Con un estremecimiento, reconocí que este ir y venir reproducía, de manera inconsciente, la dimensión de su antigua celda: de esa misma forma debía de haber circulado de un lado al otro durante los meses de reclusión como un animal encerrado en su jaula, con las manos así de contraídas y los hombros encogidos de esa manera; así, exactamente así debía de haber caminado de punta a punta miles de veces, con las rojas luces de la locura asomando en la mirada fija y febril. Pero su capacidad mental parecía aún intacta, puesto que de cuando en cuando giraba con impaciencia hacia la mesa, para ver si entretanto Czentovic ya se había decidido. Pero pasaron nueve, diez minutos. Entonces ocurrió lo que ninguno de nosotros se esperaba. Czentovic alzó lentamente su pesada mano, que hasta el momento tenía apoyada inmóvil sobre la mesa. Todos observamos expectantes su resolución. Pero Czentovic no hizo ningún movimiento, sino que con el dorso de la mano barrió, con un empujón lento, pero certero, todas las figuras del tablero. Sólo un instante más tarde entendimos que había renunciado a la partida. Había capitulado, para que nosotros no fuéramos testigos de cómo le hacían jaque mate. Lo improbable había tenido lugar, el número uno del mundo, el campeón de innumerables torneos había izado la bandera blanca ante un desconocido, un hombre que no había jugado al ajedrez en los últimos veinte o veinticinco años. ¡Nuestro amigo, el anónimo, el ignoto, había vencido en batalla a campo abierto al mejor jugador de ajedrez del planeta!

Sin darnos cuenta, nos habíamos ido parando uno tras otro, tanta era nuestra excitación. Cada cual tenía la sensación de tener que decir o hacer algo, a fin de ventilar nuestro alegre nerviosismo. El único que conservó su calma imperturbable fue Czentovic. Sólo después de una pausa parsimoniosa alzó la cabeza y miró a nuestro amigo con ojos de piedra.

—¿Una partida más? —preguntó.

—¡Por supuesto! —respondió el Dr. B. con un entusiasmo desagradable, tomó asiento antes de que yo pudiera recordarle su intención de limitarse a una sola partida y empezó con rapidez febril a ordenar otra vez las figuras.

Las desplazaba con tal brío que dos veces sus dedos temblorosos dejaron caer al suelo un peón; mi ya penoso recelo frente a su arrebato poco natural se convirtió en una especie de temor. Porque una exaltación invisible había tomado posesión de esa persona previamente tan callada y serena; el tic de la boca empezó a repetirse cada vez con mayor frecuencia y el cuerpo le temblaba como sacudido por una fiebre súbita.

—¡No! —le susurré despacio—. ¡Ahora no! Por hoy es suficiente. Es demasiado esfuerzo para usted.

—¿Esfuerzo? ¡Ja! —lanzó una carcajada fuerte y maligna—. Diecisiete partidas podría haber jugado en este tiempo, en lugar de andar holgazaneando. A este ritmo, lo único que requiere mi esfuerzo es no quedarme dormido. ¡Bueno! ¡Empiece de una vez!

Estas últimas palabras se las dijo a Czentovic en tono enérgico, casi grosero. Éste lo contempló con calma y mesura, pero su mirada helada era como un puño apretado. De pronto había en juego algo nuevo entre ambos jugadores; una tensión peligrosa, un odio enardecido. Ya no eran dos socios queriendo probarse mutuamente lo que podían, eran dos enemigos que habían jurado aniquilarse el uno al otro. Czentovic vaciló largo rato antes de hacer el primer movimiento y tuve la clara sensación de que el dilatado titubeo había sido adrede. Evidentemente, ese estratega versado había descubierto que mediante su lentitud cansaba y desconcertaba a su adversario. Por eso demoró no menos de cuatro minutos en hacer la apertura más normal y simple de todas, avanzando el peón de rey los dos casilleros de rigor. Nuestro amigo respondió enseguida con su peón de rey, pero Czentovic hizo de nuevo una pausa infinita, casi intolerable; era como si cayera un rayo fuerte y uno esperara el trueno con corazón palpitante, pero el trueno no llegase nunca. Czentovic no se movía. Pensaba quieto, con lentitud, una lentitud perversa, como sentí cada vez con mayor convicción; con esto, me daba tiempo de sobra para observar al Dr. B. Se había bebido ya su tercer vaso de agua; recordé, sin proponérmelo, que me había contado de su sed febril en la celda. Aparecían todos los síntomas de una exaltación anormal; vi que se le humedecía la frente y que la cicatriz en la mano se volvía más roja y evidente que antes. Pero aún mantenía el control sobre sí. Sólo cuando Czentovic volvió a meditar infinitamente su cuarta jugada, perdió la compostura y lo increpó de repente:

—¡A ver si juega de una buena vez!

Czentovic alzó su mirada fría.

—Hemos acordado, según creo, diez minutos por movimiento. Por principio, no juego con tiempos más acotados.

El Dr. B. se mordió los labios; noté que, bajo la mesa, las suelas de sus zapatos se balanceaban inquietas contra el suelo, cada vez más inquietas, y mi propio nerviosismo crecía de manera irrefrenable, por el presentimiento oprimente de que en él se estaba urdiendo algo insensato. Y, de hecho, en la octava jugada tuvo lugar un incidente más. El Dr. B., que con cada movimiento iba perdiendo más y más la presencia de ánimo, ya no pudo seguir conteniendo su tensión; se mecía para un lado y para el otro y empezó inconscientemente a tamborilear con los dedos sobre la mesa. Entonces Czentovic volvió a alzar su pesada cabeza de campesino.

—¿Puedo pedirle que no tamborilee? Me molesta. Así no puedo jugar.

—¡Ja! —rio brevemente el Dr. B.—. Se nota.

La frente de Czentovic se puso colorada.

—¿Qué quiere decir con eso? —preguntó de manera cortante y enfadada.

El Dr. B. volvió a lanzar una risa breve y maligna.

—Nada. Simplemente que está usted, a todas luces, muy nervioso.

Czentovic guardó silencio y bajó la cabeza. Sólo después de siete minutos hizo el siguiente movimiento, y el resto de la partida prosiguió con este ritmo mortífero. Se fue petrificando cada vez más; al final, recurría siempre al máximo de tiempo acordado para pensar cada jugada y decidirse a hacer la suya, mientras que la conducta de nuestro amigo se fue enrareciendo de intervalo a intervalo. Daba la impresión de ya no participar de la partida, sino de estar ocupado en otra cosa. Dejó su ajetreado ir y venir y se quedó sentado en su asiento, sin moverse. Con la mirada fija y casi demencial clavada en el vacío, hablaba consigo mismo, murmurando ininterrumpidamente palabras ininteligibles; o bien se perdía en infinitas combinaciones, o bien imaginaba —mi sospecha más profunda— partidas por completo diferentes, porque cada vez que Czentovic al fin movía, había que sacarlo de su ensimismamiento. Luego necesitaba siempre un solo minuto para volver a orientarse en la situación; me fue ganando cada vez más la sospecha de que en el fondo hacía rato que había olvidado a Czentovic y a todos nosotros, en esa forma de locura fría que podía desembocar de repente en algún tipo de arrebatamiento. La crisis estalló en la jugada diecinueve. No bien Czentovic movió su trebejo, el Dr. B. adelantó de golpe su alfil tres casillas, sin mirar realmente el tablero, y gritó con tanta fuerza que todos nos sobresaltamos:

—¡Jaque! ¡Jaque al rey!

Esperando una jugada especial, miramos de inmediato el tablero. Pero un minuto más tarde sucedió lo que ninguno de nosotros esperaba. Czentovic alzo muy, muy lento la cabeza y nos miró uno tras otro en círculo, cosa que hasta ahora no había hecho nunca. Parecía estar gozando de algo inconmensurable, porque poco a poco se fue dibujando en sus labios una sonrisa satisfecha y claramente burlona. Sólo después de disfrutar hasta la última gota este triunfo, para nosotros aún incomprensible, se dirigió con fingida amabilidad a la ronda:

—Lo lamento, pero yo no veo ningún jaque. ¿Ve tal vez alguno de los caballeros un jaque contra mi rey?

Miramos el tablero y luego, inquietos, al Dr. B. La casilla del rey de Czentovic se hallaba efectivamente a cubierto del alfil por un peón —hasta un niño se hubiera dado cuenta—, de modo que no había posibilidad de que estuviera en jaque. Nos pusimos nerviosos. ¿Habrá sido que nuestro amigo, en su desenfreno, había puesto una figura en el lugar incorrecto, una casilla más allá o una más acá? Alertado por nuestro silencio, también el Dr. B. miraba ahora el tablero y empezó a balbucear en voz fuerte:

—Pero el rey debería estar en f7... está mal ahí, completamente mal... Usted ha jugado mal. Todo está mal en este tablero... el peón debería estar en g5 y no en g4... ésta es una partida totalmente diferente... esto es...

De pronto se detuvo. Yo lo había agarrado enérgicamente del brazo, o más bien le había apretado el brazo con tal fuerza que incluso en su estado de febril confusión tuvo que haberlo sentido. Giró y me miró como un sonámbulo.

—¿Qué... quiere usted?

Yo no dije más que: *"Remember!"*, a la vez que con un dedo le repasaba la cicatriz en su mano. Siguió involuntariamente mi movimiento, la mirada vidriosa sobre la línea rojo sangre. Entonces empezó a temblar y un estremecimiento le recorrió el cuerpo entero.

—¡Dios santo! —musitó con labios lívidos—. ¿Dije o hice algo absurdo...? ¿Al final he vuelto a...?

—No —le susurré en voz baja—. Pero debe interrumpir la partida de inmediato, ya es hora. ¡Recuerde lo que le advirtió el médico!

El Dr. B. se puso de pie de un salto.

—Pido disculpas por mi tonto error —declaró con tono amable, inclinándose ante Czentovic—. Lo que dije es naturalmente un absurdo. Por supuesto que la partida es suya.

Luego, dirigiéndose a nosotros:

—También a los caballeros debo pedirles disculpas. Pero ya les advertí por anticipado que no debían esperar demasiado de mí. Disculpen el papelón. Ha sido la última vez que pruebo jugar al ajedrez.

Tras inclinarse, se retiró, del modo humilde y misterioso con que había aparecido en primer lugar. Sólo yo sabía por qué ese hombre no se acercaría nunca más a un tablero, mientras que los otros se quedaron un poco desconcertados y con la sensación insegura de haberse salvado, a duras penas, de algo desagradable y peligroso.

—*Damned fool!* —refunfuñó McConnor, decepcionado.

El último en levantarse de su silla fue Czentovic, que le echó aún una mirada postrera a la partida que había quedado a medio terminar.

—Una pena —dijo, magnánimo—. El ataque no estaba tan mal concebido. Para ser un diletante, ese hombre posee en el fondo un talento extraordinario.

EPÍLOGO

El sábado 21 de febrero de 1942, un día antes de quitarse la vida con una sobredosis de Veronal junto a su esposa Lotte en su casa de exilio de Petrópolis, cerca de Rio de Janeiro, Stefan Zweig, que hacía unos meses había cumplido sesenta años, envió por correo tres copias mecanografiadas de su *Schachnovelle* o *Novela de ajedrez* a diferentes editores en Nueva York y Buenos Aires. La última tenía como destinatario a su traductor oficial al castellano, el suizo radicado en Argentina Alfredo Cahn, que a su vez se la confió a Lili Lebach, una alemana judía que también había huido del nazismo y ahora regenteaba la librería Pigmalión, frecuentada entre otros por Jorge Luis Borges. La breve novela fue el primer y único libro que se publicó con ese sello, en diciembre de ese mismo año, en el idioma original y en una edición, pensada más bien para coleccionistas, de 250 ejemplares numerados.

Zweig tenía la costumbre de corregir sólo cuando le llegaban las galeradas de los libros —"no veo nada en un manuscrito mecanografiado y corregido", alegaba—, un lujo que sin embargo le estaba vedado desde que ya no publicaba con su editorial tradicional en Alemania, Insel Verlag. Como además el libro quedó huérfano, sus diferentes editores y traductores se sintieron con libertad de realizar, con la mejor de las intenciones, todo tipo de correcciones y perfeccionamientos, que luego fueron trasladados por los traductores a las versiones correspondientes y terminaron conformando diferentes transcripciones oficiales de la novela original. Eso explica, por ejemplo, las discrepancias que existen en el texto entre aquella *editio princeps* argentina en idioma alemán, intervenida por Alfredo Cahn, y la verdadera primera edición del libro, que salió en septiembre de 1942 en Brasil, junto a otras dos novelas breves inéditas y con la firma de su traductor al portugués, Odilon Gallotti. Esta adaptación a una lengua extranjera, que cuenta hasta con un título diferente (*La partida de ajedrez*, que aún sigue siendo reproducido en algunas ediciones de otros idiomas), sería la primera de las más de cincuenta traducciones a los más diversos idiomas (sin contar las que se repitieron al mismo idioma, incluyendo el castellano) que luego se harían de esta novela, la más exitosa de un autor de por sí exitoso en su época y más acá también.

La traducción presente tiene la peculiaridad de no responder a ninguna de estas primeras ediciones de la *Schachnovelle*, sino a la que se hizo siguiendo exclusivamente las últimas indicaciones del autor, es decir aquellas copias pasadas a máquina que envió desde Brasil y que traían unas correcciones postreras hechas a mano por Lotte Zweig (las mismas correcciones a mano en todos los mecanuscritos, probablemente también en el que viajó a Argentina, aunque sea el único que sigue desaparecido). Por muy curioso que parezca para un libro mundialmente famoso que se ha vendido por millones, a esta encomiosa tarea se abocó el editor Klemens Renoldner sólo hace unos pocos años, y el resultado salió publicado en un pequeño volumen de la editorial Reclam, que también ha servido aquí de base para las notas a pie. Aunque ninguno de los cambios —o más bien las anulaciones de cambios no consentidos por el autor— comporta una modificación trascendente del texto, su carácter de documento de época exigía contar, también en castellano, con la versión más fiel posible a lo que fue el último libro que terminó de escribir Stefan Zweig, y el primero que no llegó a ver publicado.

Respetar esta versión de última mano implica repetir sus posibles descuidos conceptuales (no así los gramaticales evidentes, mucho menos en una traducción), como por ejemplo la mención en algún momento de "la jugada diecisiete" cuando, según los especialistas, debería referirse a la número treinta y siete (como de hecho figura en muchas ediciones), o el "signo incomprensible" a1-a2, que efectivamente resulta difícil de entender y por eso en algunas traducciones se elige modificarlo. Estos probables errores sirven, en última instancia, para recordarnos las condiciones apremiantes en las que Zweig escribió este relato, tanto externas como internas, por lo que no parece recomendable maquillarlos sólo para contentar a quienes lo lean desde el gusto por el ajedrez, un juego con el que el autor se entretenía a menudo durante aquellos años, pero sin especial talento ni profesionalismo.

Hacer honor a la turbulencia de sus meses de producción ayuda a recordarnos, además, que la *Novela de ajedrez* es el libro más contemporáneo de Stefan Zweig, un autor que de lo contrario prefería remitirse al "mundo de ayer", el previo a la primera gran guerra, como lo llamó en la pseudobiografía del mismo título. Sólo aquí —y no por falta de oportunidad en su extensa bibliografía— Zweig hace referencia directa a la situación de su país natal,

Austria, tras la anexión perpetrada por los nacionalsocialistas. Esta característica lo torna quizá más personal aún que haber sido el último que escribió y ha dado pie a interpretaciones también muy personales, como proponer que su protagonista Mirko Czentovic es una figura que remite a Adolf Hitler o identificar al Dr. B. con el propio Stefan Zweig. Ser prácticamente contemporáneo a los hechos que narra pone de relieve, por último, un detalle en el que no suele detenerse la crítica y que se refiere al tipo de denuncia que hace el autor acerca de los móviles que tenía el nazismo para su proceder.

Aun cuando no le constara la conversión de los campos de concentración en campos de exterminio sistemático, Zweig estaba muy al tanto de su existencia y de las penurias que significaban para quienes tenían la desgracia de caer en ellos, como lo demuestran, sin ir más lejos, las líneas que le dedica al tema en la novela misma. Su compromiso, de este lado de la ficción, con quienes precisaban ayuda, tanto logística como económica, lo ubica entre los intelectuales que seguían muy de cerca la crisis humanitaria desatada por el nazismo, más allá de ser él mismo un perseguido por su religión. Sin embargo, Zweig elige contar, no la historia de un judío en el gueto o la de uno que es deportado, sino la de otro tipo de víctima de Hitler: los representantes de la antigua monarquía, representados aquí por un miembro improbable de uno de sus engranajes menos vistos o conocidos.

Claro que Zweig no lo hace por haber sido él mismo partidario de ese régimen ni por especial empatía con su destino. Lo destacable es precisamente que no elige ninguna figura que pueda ser homologada con él mismo, con lo que las interpretaciones basadas en su biografía resultan doblemente problemáticas. Por un lado, fuerzan identificaciones que no parecen muy plausibles. Como destaca Renoldner en el aparato crítico a su edición, Zweig suele mostrarse más bien en los personajes femeninos, de los que la novela carece de manera escandalosa, algo que no por acaso intentan reparar sus versiones fílmicas, tanto la de 1960 como la más reciente de 2021. Zweig mismo parece admitir esta falta al extender casi irónicamente la escena con la enfermera.

El otro costado problemático de las identificaciones biograficistas es que nos impide entender que eso es exactamente lo que evita Zweig, y no por casualidad. El lado más brutal del nazismo no le parece tan eficaz para denunciar la barbarie que su lado, digamos, más sutil, ese que los historiadores demorarían décadas en elaborar, tras concentrarse en el horror de los campos. Lo que en el libro queda de manifiesto con notable anticipación es el trasfondo netamente pecuniario de la cruzada nazi, la calidad de simple banda de ladrones, carentes hasta de la mínima moral de los criminales, detrás de su presunto patriotismo y sus delirios de pureza racial. Tratar de asesino a un asesino es sin dudas menos efectivo —ni hablar en términos literarios— que demostrar lo insuperablemente miserable de sus razones para serlo. No dejarle a los genocidas ni el pretexto de su revulsivo idealismo es rebajarlos, en este caso con la verdad, al lugar de codiciosos insaciables que ellos mismos colocaron a los judíos para justificar perseguirlos a su antojo.

Mirko Czentovic no representa, por tanto, al líder de la pandilla de cacos más inescrupulosos de la historia, sino, de manera mucho más generosa, los valores mismos que mantenían cohesionado a su séquito, desde los altos mandos que se quedaban con las propiedades de sus víctimas o los dueños de las grandes empresas que lucraban con el trabajo esclavo hasta los ciudadanos de a pie que aprovechaban la desaparición repentina de sus vecinos para comprar por unos *Pfennige* los muebles o la platería que éstos habían olvidado llevarse consigo. El origen de esa codicia, tal como la plantea Zweig en el libro, sirve casi de coartada piadosa: es la idiotez, la lastimosa falta de pensamiento y de cultura.

En el inicio de su funesto exilio latinoamericano, traído precisamente por quien después se convertiría en el primer editor de la novela que nos ocupa, Stefan Zweig dio en Buenos Aires una conferencia con el título "La unidad del espíritu en el mundo". Fue el 29 de octubre de 1940 en el Colegio Libre, y entre los asistentes estuvo mi abuelo paterno, Heinz Magnus, alemán, judío y exiliado como Zweig, a quien leía con pasión casi monomaníaca (de ningún otro autor tenía más libros la biblioteca que heredé de él, ni más cartoncitos llenos de anotaciones su fichero de lectura). Mi abuelo, que soñaba con ser escritor, llevaba un diario íntimo, del que me permito citar la entrada, traducida del alemán, en la que comenta aquella conferencia:

La quintaescencia de la conferencia fue que naturalmente no existen fronteras entre país y país, entre personas y personas, sino que todos podríamos en-

tendernos. Especialmente bella fue la comparación
con la música, de la que resaltó el hecho de que
podía ser entendida por todo el mundo y que a to-
dos les transmitía algo con su lenguaje universal.
Luego sostuvo que el espíritu de la cultura no podía
tener ya su asiento en Europa y por eso llamó a los
de acá a ser los herederos de esa gran cultura. Me
esperaba mucho más de la conferencia, pero tuve
que observar que incluso este nivel relativamente
bajo no causó la menor impresión entre los locales.

Fue entonces que entendí, espantado, que nues-
tra maravillosa cultura, tan cuidada en Europa, se
perderá de manera irrevocable si no se encuentran
las personas que la protejan y la sigan cuidando.
Tampoco Norteamérica es el lugar indicado para
la cultura a la que nos referimos. La estamos per-
diendo, sin falta nos abandonará si no se junta un
grupito de personas para salvar lo que se pueda. Y
por eso me he propuesto el plan, siempre que me lo
permita el tiempo y las preocupaciones financieras
no me arruinen la intención, de tratar de congre-
gar, a principios del próximo invierno, a algunas
personas para llevar a cabo esto. Ahora es necesario
poner en claro cómo se podría hacer. De golpe veo
para mí una verdadera gran tarea.

Desde hacía tiempo que Zweig se había lanzado al res-
cate de una cultura que veía en peligro, como lo muestran
las biografías y libros ensayísticos que venía publicando
antes de su deceso, y aun los que no llegó a terminar, como

la monumental biografía de Balzac que dejó entre sus papeles y de la que sólo alcanzó a escribir algunos capítulos. Lo que había quedado en la cuerda floja con el desastre de la primera guerra mundial, y terminó de anunciar su desaparición inminente con el advenimiento del nazismo, es la cultura europea, que para buena parte de los europeos equivale a decir la cultura occidental. La inteligencia estratégica de las huestes de Hitler para presentarse como rescatadores de algo perdido llamados a plasmar una ley incuestionable de la naturaleza, su pretendida unificación de Europa contra el acecho del temible bolchevismo y una guerra que por el momento se podía decir que tenía posibilidades de ser ganada, representan, como en el caso del genio bruto de Czentovic, todo lo monstruoso que es capaz de generar la misma razón que antes había creado las cosas buenas que urgía salvar del fuego. El ajedrez es en ese sentido una metáfora perfecta de esa racionalidad, en sí vacía de contenido, que puede ser utilizada con fines que nada tienen de lúdicos ni aun de deportivos.

El otro punto que esta entrada de diario deja en evidencia, sobre todo por no haber sido pensada para su publicación (ni siquiera para que la leyera alguien de la familia), es la capacidad que tenía Stefan Zweig de entusiasmar a su público, aun en lo que no parece haber sido su conferencia más lograda y ya hundido en el pozo depresivo del que sólo saldría por la puerta trasera del suicidio. Dejando a un lado la megalomanía de mi abuelo con su plan de ponerse al hombro la salvación del mundo occidental, está claro que el autor austríaco creía en la trascendencia de su cultura, más allá de su destino personal como hacedor de la misma, y en la misión de salvarla a toda costa, precisamente como un cultor del ajedrez que no soportaría ver el juego en manos de un ignorante y codicioso como Mirko Czentovic o, ahora, de una fría supercomputadora.

Los antihéroes de la *Novela de ajedrez* sólo piensan en el dinero porque el tema de la novela es el opuesto, la cultura. Tanto el Dr. B. como el narrador (que invierte todas sus fuerzas primero en acercarse a Czentovic y más tarde en ganarle) pueden ser acusados de padecer monomanía, pero los únicos verdaderos enfermos, en su veneración malsana de algo sin valor intrínseco, son los otros: McConnor, Czentovic y, por supuesto, los torturadores de la Gestapo. Aunque los momentos de mayor tensión se centran en las vicisitudes de la competencia ajedrecística, no hay pasaje del libro que pueda competir en emotividad con lo que sucede cuando el Dr. B. se topa, precisamente, con un libro. Eso que para Czentovic era un obstáculo insuperable y el último objeto con el que le hubiera gustado pasar una temporada en prisión, en el Dr. B. provoca una explosión de felicidad, aun cuando no se trate de un intelectual ni de alguien del que podamos sospechar una relación muy cercana con la literatura, sino apenas de una persona culta con la necesidad básica de "seguir y absorber con el cerebro pensamientos diferentes, nuevos y ajenos". Antes de saber de qué tipo de libro se trata, la sola idea de "leer, leer, leer, ¡al fin volver a leer!" le hace temblar las piernas y zumbar los oídos, actuando como "un poderoso veneno".

Esta pasión por los libros, tanto más exacerbada en quien los produce, fue sin duda la que le permitió a Zweig terminar su novela y mandársela a sus editores, aun sabiendo que se iba a matar al día siguiente. Es la misma fuerza creativa —esa que se vuelve paradójicamente tanto más real y decisiva cuanto más se inclina el mundo por creer en la de las armas— que lleva a Jaromir Hladík, del cuento contemporáneo "El milagro secreto", de Jorge Luis Borges, a completar en su mente su drama *Los enemigos*, aun cuando sabe que un segundo después de hacerlo morirá fusilado. Curiosamente, también Hladík es judío, como Stefan Zweig, también él cae en manos de la Gestapo, como el Dr. B. (en Praga, en vez de Viena), y su historia empieza con una pesadilla donde se habla de una eterna partida de ajedrez y del miedo a olvidar sus figuras y sus leyes.

Stefan Zweig

Stefan Zweig nació el 28 de noviembre de 1881 en Viena (hoy día en Austria) y murió el 23 de febrero de 1942 en Petrópolis (Brasil).

Zweig se crio en Viena. Su primer libro, un volumen de poesía, se publicó en 1901. Recibió un doctorado por la Universidad de Viena en 1904 y viajó asiduamente a través de Europa antes de establecerse en Salzburgo, Austria, en 1913. En 1934, empujado al exilio por los nazis, emigró a Inglaterra y luego, en 1940, a Brasil.

El interés de Zweig por la psicología y las enseñanzas de Sigmund Freud moldeó la característica más llamativa de su obra: la sutil representación de sus personajes.

Los ensayos de Zweig incluyen sus estudios de Honoré de Balzac, Charles Dickens y Fyodor Dostoyevsky (*Tres maestros*, 1920); y de Friedrich Hölderlin, Heinrich von Kleist y Friedrich Nietzsche (*La lucha contra el demonio*, 1925). Alcanzó gran popularidad con *Momentos estelares de la humanidad* (1928), un conjunto de breves pasajes históricos. Escribió diversas biografías: *Fouché, el genio tenebroso* (1929), *Erasmo de Rotterdam* (1934) y *María Estuardo* (1935), entre otras muchas. También tradujo obras de Charles Baudelaire, Paul Verlaine y Émile Verhaeren. Entre su obra de ficción destacan *Amok* (1922), *Carta de una desconocida* (1922), *Veinticuatro horas en la vida de una mujer* (1927) y *La impaciencia del corazón* (1937). Su último y más famoso relato, *Novela de ajedrez*, fue escrito en el exilio en Brasil y publicado en Buenos Aires en 1942 unos días antes de su suicidio, y explora las inquietudes de su autor sobre la situación en Europa tras el ascenso del régimen nazi.

«Zweig está a la altura de los maestros del relato como Maupassant, Turguenev y Chéjov». Paul Bailey

ÍNDICE

Carles Murillo (Barcelona, 1980), diseñador gráfico independiente especializado en diseño editorial y dirección de arte, ha sido el encargado de desarollar el concepto gráfico y el diseño de la colección Clásicos de Gran Travesía, y ha ilustrado la portada de esta edición de *Novela de ajedrez*.

Para esta edición se han usado las tipografías **Century Expanded** (Linotype, Morris Fuller Benton y Linn Boyd Benton) y **Supreme LL** (Lineto, Arve Båtevik).

Esta obra se imprimió y encuadernó en el mes de enero de 2023, en los talleres de Romayà Valls, S.A., que se localizan en la Plaça Verdaguer, 1 C.P. 08786, Capellades (España).